頁行

每一本书,都有它的灵魂

总有相似的灵魂,正在书中相遇

双鱼记
The Secret Of Youth

饶雪漫—— 著

北京时代华文书局

图书在版编目（CIP）数据

双鱼记 / 饶雪漫著． -- 北京 ：北京时代华文书局，2021.9

ISBN 978-7-5699-4369-6

Ⅰ．①双… Ⅱ．①饶… Ⅲ．①故事－作品集－中国－当代 Ⅳ．①I247.81

中国版本图书馆CIP数据核字(2021)第172889号

双 鱼 记
SHUANGYU JI

著 者 | 饶雪漫

出 版 人 | 陈 涛
选题策划 | 页行文化
责任编辑 | 周连杰
装帧设计 | 创研设
责任印制 | 刘 银

出版发行 | 北京时代华文书局 http://www.bjsdsj.com.cn
北京市东城区安定门外大街136号皇城国际大厦A座8楼
邮编：100011　电话：010-64267955　64267677
印　　刷 | 北京兰星球彩色印刷有限公司　010-58411596
（如发现印装质量问题，请与印刷厂联系调换）
开　　本 | 880mm×1230mm　1/32　印　张 | 7.25　字　数 | 125千字
版　　次 | 2021年10月第1版　印　次 | 2021年10月第1次印刷
书　　号 | ISBN 978-7-5699-4369-6
定　　价 | 42.00元

版权所有，侵权必究

The Secret Of Youth
双鱼记

目录 Contents

- 双鱼记 001
- 雁渡寒潭 107
- 夜奔 135
- 我是不是有点特别 163
- 东京铁塔的幸福 191
- 流年 203
- 扬眉 213

我们
生活在
同一个温暖的
水域
也许
偶尔会
被水草缠绕
但因为
彼此
温暖的呼吸
相信
都不会是
死结

The Secret Of Youth

双鱼记

The
Secret 双
Of 鱼
Youth 记

Chatper 1

晚 唐
安 池

现在想起来，小学五年级真是我一生中最辉煌的时候。那一年，我很意外地考了"双百"分。学校有外国友人来访，我用流利的英文与他们对话，还上了我们当地的新闻。

我在那时的日记中写道："努力吧，夏奈，光明就在正前方！！！！！！"

一切时过境迁，如今的我，是一个很平庸的初中生。看着当年的日记，我会笑得咯咯咯喘不过气来，绝不相信这种无聊可笑的文字竟会出自我的手笔。我将日记本撕得稀烂，算是对过去光辉岁月的彻底告别和绝不留恋。

如今的我已经念初三了，我敢说，再也没有比这个年级更糟的年级。

我的成绩差强人意，唯一有点信心的科目是英语，英语一直是我的强项。我还给自己起了一个英文名叫KIKO，我喜欢这个名字，因为它读起来响亮而短促，一点也不拖泥带水。在热播的香港电视连续剧《流金岁月》里有一个女的也叫这个名字，不过我不太喜欢那个女的，因为她居然喜欢上了我最不喜欢的一个男的并且还为他怀了孩子。我喜欢的是该剧的男主角（由罗嘉良扮演），他看上去温和极了，在剧中是一个把什么事都往自己身上揽的大好人，看到他受委屈，我会在心里默默地流眼泪。

我只能用"默默地"这个词，因为我是和爸爸妈妈一起看的。如果遇到有那种亲热的镜头，我就得表现出一副更无动于衷的表情，把脸紧紧地绷起来，仿佛自己不解风情。不过妈妈一向先知先觉，在那种镜头快要出现的前十秒适时地提醒我："阿奈，你是不是该去温习功课了？"

"哦。"我很乖巧地说，然后一点儿也不犹豫地站起身来往我的房间里走去。

关了房门我就开始跟唐池通电话，唐池是我最好的朋友，她有一颗很可爱的小虎牙。其实我们在小学的时候就是同学，只是不在一个班而已。我总觉得唐池那个时候比现在要漂亮得多，我一直记得外国友人来的那天，她穿白色的衬衫，裤脚带大花的喇叭裤，背着手在台上唱《哆来咪》。她的声音很干净很纯粹，手势天真而不造作，少女得一塌糊涂，简直招人嫉妒。

上了初中后我意外地跟她成了同桌，在陌生的校园里看到是她的那一刻我有些许的惊喜，然后我说："唐池啊，如雷贯耳。我喜欢你的名字，倒过来就是——'吃糖'。"

她迅速地回敬我："你的大名我也如雷贯耳啊，夏奈，夏奈……"她想了半天后说："倒过来讲就是母鸡快下蛋了，可是'赖'着不'下'！"

唐池就是这样一个人，只要可以不认输，再别扭的话再离谱的话她都讲得出来。

电话打过去的时候，她正被一张数学试卷折磨得头昏脑涨，在那边有气无力地讽刺我说："落伍，落伍，这年头还看港片，罗嘉良年纪跟你爸爸差不多呢。"

"难道韩剧就好看吗？我告诉你，那些美女全是整过容的，一个也不可靠！"

"呵呵呵呵，"唐池说，"我只看帅哥，比如安七炫。对了，黄豆豆比你还要落伍，他居然不知道安七炫。"

黄豆豆是我们学校的美术老师，这年头美术课可有可无，可是黄豆豆不太一样，他是我们的校友，听说他的画在国际上也得过大奖，可是他哪儿也不去，情愿留在我们学校教书。黄豆豆并不人如其名，他很高大也很帅气，经历好像带有一些传奇色彩，比如他有三次出国的机会可是他都没有出去；比如他是因为失恋才心甘情愿做一名中学教师的；再比如，他以前的女朋友现在是一名相当有名气的女明星，他们青梅竹马可最后黄豆豆惨遭淘汰……

我曾经在唐池的力邀下和另外几个女生在她家一起看过一部黄豆豆"前任女友"主演的电影，那是一部爱情片，剧情很一般，因为是盗版，影像还有些模糊。那是个大眼睛的女孩子，看上去还算不错，不过她在戏里动不动就尖叫，真是让人受不了。

更受不了的是，唐池居然说："夏奈，你跟她长得挺像，气质简直一模一样。"

我可不想像谁，我就是我，平庸普通都没有关系，最重要的是，我就是我，独一无二的夏奈。

唐池把脸别过去，当着众人的面骂我臭有性格。

我不置可否地笑。

如果我没有判断错误的话，唐池对黄豆豆有着一种非同一般的情感，尽管她在我面前总是百般掩饰死活不认，但我相信我的直觉，不然，谁会愿意在初三这么紧张的时候依然天天往黄豆豆的画室跑，并美其名曰学画来着？

鬼才信。

"我将来一定要做美术设计。这行赚钱，我看准了。"唐池欲盖弥彰地说，"有了钱，我可以环球旅行，那是我最大的梦想。"

"和谁？"我说，"黄豆豆？"

"去！"唐池说，"他那时候老了，我要找个年轻的力大无比的帅哥，可以替我背旅行袋。"

看来唐池关于有钱的概念实在是不到位，到了有钱的那一天，旅行袋里顶多也就是装些化妆品而已，怎么可能会重。

但不可否认的是，为了理想，唐池一直在奋不顾身地努力着。她的画开始越来越好看，越来越有感觉，曾多次得到黄豆豆的表扬和首肯。她甚至得到了一个相当不错的机会，替雨辰的一本新书画插图。

雨辰是我和唐池都非常喜欢的一个女作家，她的文字很天然，故事很有趣。她所有的书都是写给十四到二十岁的大孩子看的，在我们同学间非常流行。我和唐池就常常被她的小说感染得喘不过气来，一拿到她的新作就如上瘾一般，非一口气读完不可。

感谢雨辰，她是一个很勤劳的作家，让我和唐池可以时时享受快乐的阅读。而且，雨辰还有一个网站，双休日的时候，我和唐池会在上面流连。我们都是双鱼座，所以初上网的时候，为了表示姐妹情深，我叫双鱼甲，唐池叫双鱼乙。我们在雨辰的论坛上珠联璧合地发一些帖子，很快就引起了她的注意，运气好的时候，还可以在聊天室里遇到雨辰，就这样和雨辰慢慢地熟悉起来。在网上，我们叫这个一点没架子的作家辰辰姐，她欣然答应，然后亲热地回叫我们小甲和小乙。

我问唐池："雨辰的插图画得怎么样了？"

"最近感觉不算太好。"唐池说，"我觉得我画得太卡通了些，不是那么唯美，明天拿去给黄豆豆看，希望他会有好的建议。"

我就知道她，三句话不离黄豆豆。

"你妈知道吗？"

"知道，我妈为我而骄傲。"唐池说，"我妈还说雨辰是个不错的作家，我能替她做点事是我的荣幸。"

"你妈是高兴你能挣钱了吧。"想想我妈对我百般严肃万般刁难的态度，我就对唐池妈妈对她的宽容感到来气。

"也可以这么说吧。"唐池得意地说，"不过你不必嫉妒我，我可以请你吃东西的。"

"唐大款再见，我要看书了。"我挂了电话，不愿和她再说下去。

你瞧，唐池就要功成名就了，可我却越来越失败，甚至对自己考不考得上重点高中，都完全没有了把握。

第二天吃完中饭，唐池就约着我一起去黄豆豆的画室。学校对黄豆豆真是不错，给他的画室宽大而又明亮。画室的墙上挂的大都是我们学校学生的作品，其中就有唐池的一幅，不过主角是我，画上的我眼睛明亮，发丝飞扬，笑得傻里傻气，身后黄昏的天空像一块绵绵的随时可以塌下来的软糖。

"嗨！老黄！"唐池无比老套地和黄豆豆打招呼，想尽量表现出他们之间的熟络。

"呵，吃过了？"黄豆豆说，"插图的活干得如何啦？"

"这不正来向您请教吗？"唐池无限崇拜的样子，递上她的作品。

"到这边来。"黄豆豆领着唐池去了靠窗的一张桌子。趁他们交流的时候，我躲到一边看一个女生画画，她正在很用力地画一棵树，看上去是一棵秋天的正在拼命凋零的树。树旁边有一男一女，男的表情很漠然，一看就知在扮酷；女的则没心机地笑着，身上穿的是淡紫色的纱裙。

我反正也没事，多嘴多舌地说："秋天穿这样的裙子会冻死的。"

画画的是个高三的女生，听说她正准备考美院。听我这么一说，她猛地回过头来凶我："你懂什么！"把我吓了好大的一跳。

接下来的事情是我无论如何也没想到的，她居然站起身来，愤然地撕了那张还没完工的画。

"对……对不起。"我结结巴巴地说，"您可以对我的无知表示愤怒，可是您实在没必要这样对待自己的心血呀。"

黄豆豆和唐池见状一起走了过来，唐池慌里慌张地问："怎么啦，夏奈？夏奈，到底怎么了？"

我耸耸肩，恨不得立即置身事外。

"朱莎，最近脾气很坏呀。"黄豆豆替那个女生把地上撕得稀烂的画捡起来说，"我早跟你说过了，对你而言，心态很重要，其他都是次要的。"

"是当着这两个小妹妹教训我吗？"那个叫朱莎的女生把眼前的颜料一推，背上书包说，"我可没空听。"

说完，她拔腿就出了画室。

"快高考了。"黄豆豆看着她扬长而去的背影自嘲说，"压力不是一般的大啊。有点脾气也就难怪了，呵呵。"

"比得上我们中考吗？"我说，"都知道现在中考比高考难。"

"我看你们挺轻松的嘛。"黄豆豆说，"整日嘻嘻哈哈的。"

"那是我们心态好。"

黄豆豆看我一眼："挺能说，呵。"

"夏奈是我们班名嘴。"唐池适时地拍我马屁说，"要是举办吵架比赛，她以一顶十绝没问题！"

我伸出手捏她的脸以示抗议，她推开我逃出好远，回头招招手说："老黄快来，我们接着聊。"

"越来越没大没小。"黄豆豆叹口气走过去。我觉得自己在这里有些多余，然后觉得有些惨，于是决定去小卖部买点零食吃。

我刚走出画室的门就看到朱莎,她并没有走远,正靠在画室的墙边,若有所思的样子。我从她的身边经过,并没打算跟她说话,她却喊住我说:"嗨。"

"嗨。"我笑笑,"原来你没走。"

"你为什么要出来?"朱莎说,"是他们让你出来的吗?"

"他们?"我一头雾水,"他们是谁?"

"别装傻了。"朱莎说,"黄豆豆和那个叫什么唐池的。"

"他们为什么要让我出来?"我当时确实是弄不懂,就傻傻地问了下去。

"现在的中学生什么事做不出来!"朱莎说,"我真替你们感到脸红。"

我隐约知道她想表达什么了,可是我却什么也表达不出来了,只好张大了嘴瞪大了眼看着她。

"瞧你那傻样。"她讽刺我。

"瞧你那傻样!"我回嘴说,"黄豆豆是个好老师,唐池是个好同学,你要停止你脑子里那些怪思想。"

"你多大?"她问我。

"十五六岁。"我说,"比你年轻。"

"可你说话像我妈。"她冷笑着说,"我初三的时候,比你们单纯得多。"

"那是。"我懒得和这个神经质的女生再理论下去,都说学画画的人多多少少有些与众不同,我暗暗地想,要是哪天唐池变得这样神经兮兮,我说什么也要当机立断地和她断绝一切外交关系。

我在小卖部里买了一包薯条,站在学校的大操场边咯嘣咯嘣地咬。我不想回画室了,我忽然觉得唐池其实一定不愿意我回画室的。可是我也不想回教室看书,我正站在那里犹豫不决的时候,忽然有人喊我说:"夏奈,怎么你没有吃午饭吗?"

我抬眼一看,说话的是我们班体育委员,个子最高的林家明。

我常常想,世界上没有比林家明这个名字更土的名字,也没有比林家明更笨的人。我这么说并不是没有依据的,因为我就因为林家明的愚昧而吃过大亏。

那还是在初二的时候,体育老师不知道哪根筋搭错了,居然在给我们测短跑的时候指派林家明按秒表。那天考完,我们那组的成绩都特别好,很轻松地过关了。我还没得意够呢,林家明凑到我边上说:"夏奈,你要谢谢我,要不是我,你们这组都难及格。

我疑惑地看着他,他神秘而小声地解释说:"我提前按了表。"

我当时真的是非常非常惊讶的,我真没想到外表看上去这么老实、个子这么高大的林家明竟是如此不磊落的小人,我一点儿也不感激他,也懒得去想他为什么会这么做,我只知道他确实害惨了我。因为没多久后的校运动会中,我就被硬抽去参加短跑接力赛,我没法拒绝,只好强撑着上场,在那次比赛中如愿以偿地丢够了面子。唐池看着我落在最后的气喘吁吁的衰样,差点没笑得背过气去。

她总是做出一副爱情专家的样子对我说:"林家明喜欢你欣赏你,这一点傻子都看得出来。"

"不奇怪,因为你就是傻子。"我说,"傻得不可救药。"

"有些事情就是事实,你不承认它也存在。"唐池深奥地说。我疑心她在说她自己和黄豆豆,算了,看在是好朋友的份上,懒得戳穿她。

"你在想什么?"林家明伸出五个手指在我面前一晃说,"好像在神游太空呢,我说什么你没听见吗?"

"没有。"我老实地说。

"看你吃薯条的样子,好像世界上最好吃的东西就是薯条。"

"是吗?"我把手里的袋子往他面前一递说,"喏,剩下的全给你。"

"不要了不要了,这种东西我不爱吃的。"他拼命地往后退,好像我递给他的是一包定时炸弹。

我调过头就走,他却呼哧呼哧追上我说:"怎么你和小糖果不在一起?"

小糖果是我们班男生对唐池统一的爱称。我每次听到,都会肉麻得全身起鸡皮疙瘩。

"我为什么非要和她在一起?"我没好气地说,"她是她我是我。"

"你们一定吵架了吧?"林家明胸有成竹地说,"你们女生就是这样烦,好三天再吵三天,没完没了。"

"你完了没有?"我站住,看着他说,"你可不可以不要跟着我?"

"我要去教室。"他无辜地说,"你可以给我指第二条路吗?"

我唯一的选择是转身往校外走去。

离学校不远的地方有一家小小的音像店,那是一家我非常喜欢的音像店,每天放学经过那里,就算不进去,也一定会探了头望一望。

开店的是一个小年轻,他总是坐在柜台里面眯着眼睛听歌，来了客人也不起身招呼。不过这并不影响他做生意，因为他的货很不错，很多很难买到的碟，在他这里准能买到。

我进去的时候，他正在放一首张清芳的老歌《花戒指》：

你可听说吗

那戒指花

春天开在山崖

人人喜爱她……

我一喜，问他："有这张碟卖吗？"

"有。"他说，"引进版，价格不贵。不过就两张，要买就赶快。"

我毫不犹豫地掏钱买下，虽说是不贵，却也是我半个月的零花钱。但我一定要买，我要把它送给木天。

木天是一位我熟悉的DJ，年少轻狂的时候，我曾经和唐池一起做过一次他的嘉宾，前一晚我激动得差点睡不着，要是在现在一定不会了，我好像已经老得对什么事都没有了激情。不过我很怀念木天，他是一个干干净净的阳光男孩，声音里带着一种温柔的诱惑。我还记得那次他说要送我们一首歌——张清芳的《花戒指》，并说这是一首唱给少女的歌。可惜歌放到一半碟就不争气地跳了起来，木天沮丧地说："可能是太久没放了才会这样，而且这张碟真的很难买到了，买盗版，好像又太对不起张清芳以及这张经典的碟。"

初三后，很少再有时间听木天的节目，如果偶然想起听，他的声音总是给我与故友重逢的好感觉。我喜滋滋地拿着那张碟回学校，一路想象把它送到木天的手里时他的惊喜。进了教室，下午的第一堂课就要开始，唐池一脸不快乐地坐在座位上。如审犯人一般冷冰冰地问我："你招呼也不打一声，去哪里了？"

她的语气让我相当不舒服，我的语气自然也好不到哪里去："你管得着吗？"

"管得着。"她说，"这是起码的礼貌，你有没有想过我会在黄豆豆那里等你，一直等到你回来，你知不知道我差点迟到！"

"你不是比我还要早到吗？"我觉得唐池简直就是在小题大做和无理取闹，"再说了，"我讥讽地说，"你待在那里难道想走吗？九头牛怕也是拉不走的吧，可别赖到我头上。"

"你这话是什么意思？"唐池提高了嗓门。

"不想让大家知道是什么意思你就小声些。"我警告她说，"你不要这样，一点儿也不讨人喜欢！"

"我为什么要讨你喜欢？"唐池的声音是低了下来，可是气焰一点儿也没下去，"我为什么要讨你喜欢，夏奈，你是我什么人?"

"弱智。"

"你才弱智!"

"白痴。"

"你才白痴!"

上课铃声及时地阻止了我们继续再吵下去。我把手中的碟片藏进书包里,完全失去了和唐池分享喜悦的欲望。可是课上到一半的时候,我却发现身边的唐池好像有些不对劲,课桌微微地抖动起来,仔细一瞧,原来她竟在哭!

我和唐池吵嘴司空见惯,林家明说得一点也没错,好三天吵三天,谁也不会真正地服输,惊讶的是让她伤心到哭泣却好像还是第一次。

人说恋爱中的女人最脆弱,难道……

我用手肘碰碰她,轻声说:"喂,不至于吧?"

她不回答我,头埋得更低,课桌抖得更厉害了。周围同学的眼光都往这边瞄过来,正在上课的老师好像也有所察觉,停下来不讲了。

我赶快举手站起来说:"报告老师,唐池她肚子疼,疼得撑不住了。"

"那……"老师说,"要不先送到医务室看看,不行的话还是送医院吧。"我扶起唐池,在老师关切的注视和同学们怀疑的注视中艰难地迈出了教室,刚走到拐弯处,我就猛地放开她说:"行了行了,别装死了,你不要面子我还要面子呢。"

唐池却一把抱住我哇哇大哭起来,吓得我赶紧去捂她的嘴:"要死啦,你今天是犯神经病了还是怎么啦?"

"我被人欺负啦!"唐池尖声叫起来,"我被人欺负的时候你居然跑得远远的,你到底够不够朋友啊?"

"谁欺负你?"我吓得脸都白了,"黄豆豆?"

"你说什么呢!"唐池说,"你听听你都在胡说八道些什么!"

"那是被谁?"我被她绕糊涂了。

"朱莎。"唐池呜呜地哭着说,"就是高三那个朱莎,她把我的画批评得一无是处,还……还骂我是娼妇。"

"岂有此理!"我说,"你听清楚了?她真这么骂的?"

"那还有假?"

"当着黄豆豆骂的?"

"没。"唐池说,"黄豆豆出去了一下。她就是可恶在这里,等黄豆豆回来的时候,她就拼命地对我笑,好像跟我是百年之交。"

"她骂你,你怎么反应?"

"我没反应。"唐池说,"从来没有人这样骂过我,我当时就傻了。"说完她又抱着我痛哭起来,看来真是伤得不轻。

"谁叫你道行不够?"我拍拍她的背说,"人家比你多吃三年饭。"

"谁叫你不在?"唐池蛮不讲理。

"对对对。"我顺着她说,"我要是在,打了她的左脸再打右脸,直到把她打成馒头为止。"

唐池这才破涕为笑,得寸进尺地说:"你现在就去打,替我出口气。"

"八婆。"我骂她。

她撇撇嘴又要哭。说真的,我是真替唐池感到愤怒,我无法想象朱莎会用那样的字眼来骂一个初三的女生。我了解唐池,她是因为屈辱才觉得痛苦,而这种痛苦又让她感觉到更加的屈辱,周而复始,所以无法承受。

"好了,君子报仇十年不晚,清者自清,走自己的路让人家说去吧……"我把自己知道的格言警句一股脑儿全搬了出来,得到的却是唐池的一句回复:"夏奈,你这是事不关己,高高挂起,有那么容易?"

不能否认的是,唐池已经陷到一种说不清道不明的复杂关系里了,如果她不能及时地抽身,我可以预言,黄豆豆也好,朱莎也好,都可能在这个初三的深秋把唐池的生活掀起一阵狂风大浪来。

我在深夜上网，遇到雨辰，她问我："咦，双鱼乙呢？"

我说："双鱼乙在恋爱。"

"哦？那你呢？"

我文学而肉麻地答道："我在看一场爱情的烟火。"

雨辰哈哈大笑，然后她说："小甲，你是个可爱的家伙。"

"辰辰姐，"我问她，"如果有人骂你娼妇，你会怎么样？"

雨辰可能没想到我会问这个问题，她沉默了一下说："我会装作没听见。"

"我是说在你十五六岁的时候。"

"那……也许我会拿把刀杀了他。"

瞧，著名的作家都这么说。瞧，十五六岁谁不该有点性格？可是我知道，就算我在场，我也会和唐池一样不知所措的，顶多问她一句："你怎么可以这样骂人？"

那晚唐池没有上网，也许她正躲在房间里悄悄地哭泣，也许正在日记本上奋笔疾书，也许正在画板上面乱抹乱涂，我一想到她就有点心疼她，我想给她打一个电话，可是我不知道该说些什么，我希望她会给我打一个电话，那么我就可以顺理成章地再安慰她一下子。可是电话铃始终都没响。

那晚的日记，我只写了四个字：晚安，唐池。

The Secret Of Youth

双鱼记

Chatper 2

夏奈的 RADIO

我叫唐池，夏奈说我的名字很有趣，倒过来就是——"吃糖"。

　　其实我从小就不喜欢吃糖，我对一切甜食都感到厌倦和发腻。我有一张正在吃生日蛋糕的照片，不过那样子很滑稽，照片上的我紧锁眉头，看上去好像是在吃药。我还不喜欢穿漂亮的衣服，宁愿整日套在呆呆板板的校服里，因为只有这样我才会觉得自由自在。我的妈妈说，我是个奇怪的孩子，不过我妈妈对我这个奇怪的孩子非常宽容。比如我喜欢画画，她总是买最好的颜料给我，还给我请家庭教师。我要是哪天回家晚了，她也绝不会像夏奈的妈妈那样冷着脸问到底，而是很关切地对我说："你肚子饿不饿啊？我烧了你最爱吃的红烧鱼呢。"

　　你看，就算我现在正在念初三，她也从不要求我放下画笔专心读书什么的。

　　说到画画，我不得不提到一个人，那就是我们的美术老师黄豆豆。在遇到黄豆豆以前，我画画是毫无章法随心所欲的，但遇到他之后，仿佛一切都改变了，他若有若无其实却非常重要的指导让我眼前一亮，我开始敢想自己将来可以成为一名画家，退一步说，至少可以靠画画来养活自己。

　　我永远都记得在黄豆豆那间宽敞明亮的画室里，面对着洒满一桌的金色阳光,他的手指轻轻地放在我的画上,铿锵有力地说:"唐池,你真是一个天才!"

十六年来第一次有人称我为天才,我当时一阵头晕目眩,激动得站也站不稳。

黄豆豆看着我说:"怎么了?脸色这么苍白?"

我摸摸脸,赶紧掩饰说:"是吗?也许是这些天太累了。"

他同情地说:"初三了,是紧张。"

我好奇地问他:"老黄,你初三的时候画画不?"

"画啊,"黄豆豆得意地说,"不过我那时候成绩挺好的。"

"我知道你成绩好,中央美院的高材生嘛!你知道不?他们都说你在我们学校教书是屈才啦。"

"客气。"黄豆豆说,"我只是觉得这个工作适合我而已。"

我夸他:"呵呵,你人不错,挺淡泊名利的。"

他被我的老气横秋逗乐了,看着我笑:"唐池,挺有意思啊。"

黄豆豆笑起来不好看,不过这并不妨碍他成为我的偶像。偶像一天之内夸我两次,我真是有些受不了。

我一次次地问自己,我是不是一个虚荣的孩子呢,没有答案。

于是我鼓足勇气问夏奈,她头也不抬地回答我:"当然是,唐池既然你问到这个问题,我不得不遗憾地告诉你,你实在是太虚荣了,有时简直虚荣得不可救药。"

"我是说真的。"

"我也是说真的。不过这并没有什么,"她打我一巴掌又揉我一下说,"不是有句话,虚荣使人进步嘛。"

"是虚心使人进步吧。"我说。

"差不多差不多啦,"她嘿嘿乱笑,"要不是虚荣心作怪,我看你画画的水平也进步不了那么快哦。"

我当然知道她想说什么,她想说我对黄豆豆有点不一般的意思,所以才会这么拼了命地学画画。其实这话她藏在心里很久了,只是从来没有当着我的面说出来而已。我正在为她的含沙射影感到不高兴的时候,她又忽然拿出一张张学友主演的片子《男人四十》DVD给我,说我一定会喜欢看,里面讲的是一个略微有些禁忌的故事。我反问她,我一定会喜欢看什么呢?她想了想说:"这还用得着我说吗,唐池?真是的。"

我发了很大的火,把那张DVD狠狠地扔到地上,再用力地踩上两脚,然后调头就走。她捡起那张被我踩得稀烂的DVD追上来说:"小姐,这是正版的啊,你知不知道我心都在滴血?"

"是你先让我伤心的。"我说,"你和别人一样乱想我,根本就没有把我当好朋友!"

"你是为了黄豆豆和我吵架吧,"她比我更大声地说,"你为了他和我吵架,难道就把我当好朋友了吗?"

"那我们就开门见山吧,"我说,"你一直以为我对黄豆豆有什么意思对不对?如果真的是那样的话,那么你对那个叫木天的呢?你敢说你内心是一片纯洁的吗?"

她的嘴张成O型。

那天是圣诞节,天又干又冷,我们刚连着考完两场试,一点点节日的气氛都感觉不到。在教学楼有风的长廊里,就站着我和夏奈两个人。我想起不久前就是在这里的黑板报上,那个高三的变态的女生曾经用粉笔写下过一行大大的字:大家注意了,初三(3)班的唐池是个超级大花痴!

用的是粉红色粉笔,字又大又漂亮,从黑板的这头一直拉到那头。我不知道当我看见的时候已经有多少人看到这行对我进行无耻人身攻击的大字了,反正是夏奈跳起来,用她的衣袖迅速地擦掉了它,然后拉着我迅速地离开了。

也是夏奈不断地提醒我不许哭不许苦着脸不许倒下,不然别人就会遂了心愿。

上课的时候,我一直看着夏奈肮脏的衣服袖子,一边宽慰地想没什么，真的没什么。就算全世界都对我有所怀疑，还有夏奈站在我身边，不是吗？

可是现在，我怎么了？

想到这里，我心呼啦啦就软了下去，走过去拉拉她，低声说："算了，是我不好。"

"你有间歇性神经病，唐池。"她愤愤地说。

"是是是是。"我说。

她扑哧笑起来："我有说什么吗？我什么也没有说，你干嘛好好的却往木天的身上引，真是变态。"

"是是是是。"我又说。

"是我不好。我也不该这么小气。"见我态度好，她又心疼我了，讨好地对我说，"快回教室吧，我有圣诞礼物送你。"

"是什么？"我一路问她，她笑而不语，誓将神秘进行到底。

在教室里坐下后，她在包里掏啊掏、掏啊掏地掏出来一副皱巴巴的手套说："这是我的处女作哦，你一定要珍惜。"

我接过来，真的是她自己织的，两只上面各有一个歪歪扭扭的英文名，分别是FISH，KIKO。

我叫FISH，她叫KIKO。

"昨晚弄到十二点。"她说，"我是希望可以标新立异一点。

本来想放上去两条鱼的，可是实在力不从心，就弄上我们的英文名啦。"

我的眼睛一热。

"挺暖和的。"她催促我，"戴上试试！"

我给足她面子，戴着它上完下午的三堂课。高兴起来了，又用戴着手套的手去摸摸她的脸，听她用她最喜欢的形容词悄悄地骂我："肉麻。"

放学的时候，她对我说她不跟我一起走了，想去电台一趟。

"又是木天？"我不高兴。

"你吃醋的样子挺可爱。"她哈哈大笑说，"不过别乱吃飞醋，我只是去送张CD给他做圣诞礼物而已。"

"好吧好吧，"我夸张地说，"为你们纯洁的友谊而干杯！"

林家明走过来问我们："嘻嘻哈哈在说什么呢？"我觉得他一天至少有五小时眼光停留在夏奈的身上。只是夏奈从来没有给过他一丝好脸色。

"正说你呢。"我故意逗他开心。

"说我什么？"林家明真是笨得可以，还当真了。

"说你长得像唐池的偶像。"夏奈坏坏地说。

"是吗是吗？唐池的偶像是谁呀？"他话还没说完，我和夏奈早已经手拉手地跑远了。林家明人高腿长，三下两下追上我们说:"等等啦,我有礼物要送你们!"

"啊?"我瞪大眼睛说,"我是买一赠一的那个吧,拒收!"

林家明变戏法一样从裤子口袋里掏出两个长长的小玻璃瓶来,每瓶中竟然是两条游来游去的小鱼,好看得要死!

"送给我们班两个双鱼座的女生。"林家明说,"圣诞节快乐。"

我一把抢过,夏奈则板着脸收下。

我一边跑一边对夏奈说:"真想不到林家明也这么浪漫呢,今天是圣诞节,你应该给人家一个微笑做圣诞礼物。"

"去你的!"夏奈下手真重,差点没打爆我的头。

我和夏奈在校园门口的公交车车站分手,看着她先上车往电台的方向去了,我想了想折身返回了校园,身不由己地走到黄豆豆的画室。

我推门进去,很幸运,他在那里,而且只有他在那里。

"唐池。你好像好久不来了。"他正在整理画室,把画挂上去又取下来,问我,"这幅挂这里好不好?"

"还行,圣诞节快乐。"我说。

他回过头来朝着我笑:"对呀,今天过节,我都差点忘了。"

"怎么你不和你女朋友去过节吗?今晚有很多地方都在开Party,还有抽奖什么的,一定很好玩。"

"呵呵。"他并不回答我,"你怎么还不回家?"

"我不是来祝你圣诞快乐吗?"我说,"你也应该祝我圣诞快乐。"

"好。"他好脾气地说,"祝唐池圣诞快乐。"

"可是我一点也不快乐。"我靠在门边叹息。

"怎么了?是不是学习很紧张?"他走近我,"来,进来啊,站在门口很冷的。"

"不了,我这就走。"

"你替雨辰的书画的插图通过没有?"黄豆豆问。

"有你指导还会有问题吗?"我说,"雨辰很高兴,我在网上跟她说起你,她说出了新书也一定会送你一本。"

"那我就不客气了,哈哈。"

"你有没有看到黑板上的那些字?"这其实是我最想问的问题。那以后,我一直都没有来过他的画室。

"什么字?"

"是不是真的没看到?"

他一脸疑惑的表情。我相信他是真的没看到,于是我又问他:"如果有人跟你说唐池这个人很坏,你会不会相信?"

"不会。"他看着我,头低下来。他真的比我高好多,然后我听到他说:"看来有烦恼啦?如果不高兴就画画吧,那是一个好办法。"

"如果我不在这里上高中,你还会不会做我的老师教我画画?"

"这里随时欢迎你。"他说,"我等着你功成名就的那一天呢。"

"你画得这么好,不也视名利为粪土?"我说。

"你会比我更好。"他看着窗外说,"今晚一定会下雪的,你相不相信?明早起来,就会看到最美的雪景了,不愉快的事情,别再去想它。"

"好的,黄老师再见。"我跟他告别,这一次,我没有叫他老黄。

晚上我趴在桌上画贺卡给夏奈,桌上放着林家明送我的两条鱼,它们正在小玻璃瓶里不知疲倦地游来游去。我也准备画两条鱼送给夏奈,我正在画第一条鱼的时候妈妈走了进来,我给她看夏奈替我织的手套,她笑得什么似的,挑三拣四地说:"看看,五个手指没一个是一样长短的哦。"

"难道你的五个手指是一样长短的?"我替夏奈抱不平,宝贝一样地把手套收好放到书包里。

"好朋友送的当然与众不同啦,"妈妈说,"不过现在的女孩能把手套织出来就不错了,是不能对你们太挑剔。"

"我送夏奈一张手绘的贺卡如何?"我问妈妈,"我本来想好朋友不用送来送去的,可是既然她都送了,我还是回个礼比较好。"

"好主意。"妈妈拍拍我头说,"画吧,画完早些睡。"

可是我没画一小会儿就接到了夏奈的电话,她在电话那头沉默了半天才说话:"我,我是夏奈。"

"废话,"我说,"你一吱声我就知道你是夏奈哦。"

"我在街上。"

"啊?几点了,你在街上做什么?"

"随便走走。"她不停地说下去,"虽然很冷,不过夜色还挺美。今天过节呢,只可惜是洋节,要是在美国,一定热闹死了,我就不会这么孤独了。"

"夏奈……"我被她吓住了,"你胡言乱语些什么?"

"我说的都是真的,"夏奈的声音低下去,"唐池你可以笑话我,你知道我做了什么傻事吗?我居然离家出走了,真是老土得要命哦。"

"夏奈!"我听到自己尖叫起来,"你在哪里,你现在到底在哪里?"

"我不知道。"她说,"这条街我不熟悉。"

"我的天……"我说,"你在哪里?我马上来!"

"好吧。"她说，"城西，十一路公共汽车到底，不过现在没公交车了，我坐的是最后一班。你多带点钱，也许我可以在哪家旅馆凑合一夜。"

"姑奶奶你饶了我。"我求她，"你就在站台千万别乱跑，等我来。"

我匆匆忙忙跟爸爸妈妈说明情况，老妈比我还义气，帽子围巾一拿说："快走快走，我陪你打车过去，十一路公交车站那边挺偏的。"

"带回家来吧。"爸爸也说，"等她来了再给她家打个电话，不然她家里人该着急了。哎，有什么事不能好好说呢……"

爸爸的话还没说完，我和妈妈已经冲出了门。

夜真的很冷，不过并不寂寞，很多店依然开着灯，不想错过今晚的每一宗生意。司机将车开得飞快，快到的时候我不顾寒冷地摇开了车窗，老远就看到了坐在站台边身子缩成一团的夏奈。

车停了，我让妈妈和司机在车上等我，独自下了车。

我走到夏奈的身边，她没有声音，好像冻僵了一样。我蹲下来叫她："KIKO，KIKO？"

"我真是没出息。"她的声音听上去还算正常，"唐池我简直比你还没出息，我该怎么办呢？"

"跟我回家。"我把我的围巾围到她脖子上说,"KIKO,我们回家。"

她抱住我开始呜咽,哭声低而绝望。

"不管什么事,我们回家再说。"我说,"你不是常常跟我说,天不会塌下来的吗?天塌下来还有个儿高的你撑着呢。"

"我只是觉得丢面子。"

"你在我面前还要什么面子?"黄豆豆说得对,天真的开始下雪了。我拉住她说:"快走快走,不然我们两人都会变成雪人了,明天早上准上新闻。"

"别提上新闻的事,谁提上新闻我跟谁急!"她拖着哭腔。

夏奈小学五年级的时候曾经上过一次新闻,她觉得那是她一生中最辉煌的时候,每每提起,总是唏嘘、呵呵。

好说歹说,我总算把她劝上了车,见我妈也在车上,她不好意思了,打了个招呼就抿着嘴一句话不说。

"没事!"我用手肘碰碰她说,"我妈挺开通,她不会说啥的。"

"你别刺激我。"她说。

"我就知道你是跟你妈吵架了,到底为什么?"我问她。

"给你妈打个电话吧,"我老妈把手机贡献出来说,"她在家一定急坏了。"

"不打。"她说。

夏奈的脾气我是知道的，我赶紧跟老妈使眼色："好啦！不打不打，有什么事我们回家再说吧。"

"原来是圣诞节离家出走哇？"司机也听出点端倪来了。

"闭嘴！"我和夏奈齐声说。

我妈笑得什么似的，一点风度也没有。

好不容易折腾到家，趁夏奈在洗手间，我偷偷地往她家打了电话，她妈妈一接电话就大声叫嚷起来："说她两句就跑了，你家在哪里，我马上来领人！"

"不用吧阿姨，都在气头上，明天我一定劝她回家，让她向您赔礼道歉！"

"唐池，"夏奈妈妈在那边好像一下子哭了起来，"你和夏奈是好朋友，你怎么着也要劝着她，别让她做那些不该做的事情啊。"

"啊？"我一头雾水，"她做什么不该做的啦？"

正说到这里，夏奈像火箭头一样地从洗手间里冲了出来，夺过我手里的电话，冲着听筒大叫了一声："够了！"然后啪地挂断了它。

那晚，夏奈和我挤在我的小床上，她的双脚冰冰凉，贴着我半天也暖和不起来。我拿出才画了一半的贺卡给她看，说："要不是你半路打扰，我明天就可以把它送给你了。"

"唐池，你真好。"她说，"没有你我怎么办？"

"现在知道我好了？"我说，"白天你不还骂我是神经病？"

"嘻嘻。"她笑，看来心情好了许多。

于是我试探着问："到底什么事情跟你妈妈吵成这样？现在可以说了吧？"

"我妈不可理喻。"夏奈说，"我今天不是去木天那里嘛？他很喜欢我送他的张清芳的那张CD。他也送了我圣诞礼物，是一个小小的木壳收音机，真的很漂亮。木天记性真好，他还问起你呢，他都记得我们天天在一起。"

"被你妈知道了？"

"本来也不知道的，晚上我听木天的节目，忍不住打了一个热线电话进去跟他聊了几句。他说很高兴我去看他，两年没见我都变成大姑娘了，真是女大十八变，越变越好看。我正高兴着呢，我妈撞开我的门就进来了，一定要问我和木天到底是什么关系。"

"她偷听你的电话？"

"是啊，"夏奈捂住脸说，"我觉得屈辱。"

"后来呢?"

"我回答她,他是主持人我是听众,就这么简单,可是她死活也不信,问我为什么要送木天CD,木天为什么一定要我去电台,让一个小姑娘去电台一定是没安什么好心,你叫我怎么跟她说下去?"

"那就别说了,忍忍不就过去了?"

"你以为我不想忍?我都忍了,我都洗完脸洗完脚准备上床睡觉了,她又跑进了我房间,在我房间里东翻翻西翻翻,一点也不顾及我的感受,最后她找到了我床边的小收音机,她竟然拿走了它。"

"你妈妈真是过分。"我说。

"我跳下床来跟她抢,我本来抢赢了,可是又被她抢了回去,我让她还给我,她居然把它一下子扔出了窗外。要知道我家在十二楼,十二楼呢,外面黑成一片,就算找到,它也一定是摔成碎片了。"

"我知道我知道。"我真的明白夏奈的痛苦,心疼地说,"不怪你离家出走。要是换成我,我也许也走了。"

"你妈妈爸爸真好,才不会那样。"

"你妈妈其实也挺爱你,不过是在气头上而已。"

"可是那个家我真不想回了,"夏奈说,"我爸和我妈妇唱夫随，一人一句，好像我已经成了街上那种浪荡女，我做什么错事了，我真是想不通。"

"只因为你喜欢上木天了。"我一针见血地说。

"喜欢有什么不对吗？"她低声说，"其实我很少参与他的节目，只因为今天是圣诞节，我才会想起来打一个电话。"

"也许喜欢都是要付出代价的吧。你看，我和黄豆豆不也是吗？"

"你喜欢黄豆豆什么？"她问我。

"说不上来，那你喜欢木天什么？"

"我也说不上来。"她答我。

"可是我觉得真的没有什么，我们并不是坏小孩。"我说，"睡吧，一觉醒来，不愉快的事就忘掉了。"

"真让人觉得累。我什么也不想想了，我只想好好地睡一觉。"夏奈说着，长长的胳膊绕过来搭到我脖子上。她好像真的是很累了，很快就闭上眼睛睡着了。她甚至打起了轻轻的呼，像一只可爱的小老鼠。

我却翻来覆去，怎么也睡不着，像桌上那两条不知疲倦的鱼。

The
Secret 双鱼
Of
Youth 记

Chatper 3

天很蓝的那个下午，

如果要让我用一个词来形容初三，我会说：不堪回首。

夸张一点点说，初三的我可谓是"劣迹斑斑"，当然这一切都是因为那次不算彻底的"离家出走"而引起的。

其实第二天放学后我就直接回了家，那天是周末，有很多同学约着一起去逛街我都没有去。告别的时候，唐池不放心地对我说："别跟你妈吵，忍忍就过去了。"我点头示意让她放心。她其实并不放心，走的时候频频回首，让人心折。

我刚进家门，妈妈就迎面把一个玻璃瓶扔到了地上，我定睛一看，竟是林家明送我的圣诞礼物。瓶子瞬间粉碎，两条无辜的小鱼在地面上拼命地挣扎。

我面无表情地看着我妈妈，我不知道她是从哪一天起变成了这么一个心狠手辣的女人。她恶声恶气地问我："你还回来干什么？"

我觉得疲惫极了，一句话也不想说，往房间走去，可是妈妈并不罢休，她一把拉住我，声音越来越尖："你翅膀硬了是不是？敢乱想乱做了是不是？你给我坐下来，有些事情你今天必须跟我交代清楚！"

我坐到沙发上，膝盖上放着我的大书包。我想好了，她如果再逼我或者说再过分的话，我马上就再走，走了后就永远都不会再回来。

可是她的语气却忽悠悠地低了下来，她说："阿奈你知不知道，你这样很伤妈妈的心，你知不知道我昨天一宿没睡，今天连上班都没有心思。可怜天下父母心，你有没有想过可怜可怜妈妈？"

"你可怜可怜我。"我无可奈何地说，"不要再自寻烦恼了好不好？"

"可是你跟男生交往是事实，互赠礼物是事实，在电台里说那些打情骂俏的话是事实，要是给我们单位的人听到，你让妈妈的脸往哪里搁？"

我努力想努力想也想不起昨天在电波里跟木天说过什么"打情骂俏"的话了，于是我只好牵动嘴角无奈地笑了笑。

妈妈又被我的笑激怒了："你看看你现在，怎么一点姑娘家该有的自尊心都没有？还好意思笑？我要是你早就羞得跳楼了！"

我腾地站起身来："你以为我不想跳吗？要不我现在就跳给你看！"

她被我吓住了，赶紧又拉住我，带着哭腔说："你这孩子怎么变成这样了，是不是非要把我气死才甘心啊！"我想挣脱她，可是她力大无比，我怎么也挣不脱。

正在这个时候爸爸回来了，赶紧把纠缠着的我们分开，说:"有什么事不能好好说,都给我坐下来坐下来。"

妈妈放开了手,我终于控制不住地号啕大哭起来。从小到大我都不是一个爱哭的孩子,我是实在忍不住了,妈妈是实实在在地伤了我的心。

我爸爸还算是可以沟通的人,在他的调和下,这件事好像有点不了了之。但之后的很多天,我在家里都不愿意多说一句话。如果可以,我就一句话都不说。没滋没味的新年过后,新学期开始了,学习开始越来越紧张,大家说话的时候,都带着夸张的手势,走起路来也很夸张,仿佛不这样,就显不出对中考的重视来。

中午的时候,我喜欢和唐池一起到西教学楼的楼顶去看书,春天的风带着淡淡的花香,吹开了全身每一个毛孔。唐池把手放到我额头上,爱怜地说:"夏奈,你瞧你,变成了一个多愁善感的孩子。"

"嗯。"我说,"你瞧我多糟啊,我们算是背道而驰了。"

真是这样,唐池开始越来越有名,她替雨辰的新书画的插图相当不错,被专家们一致认为相当有特色,她的作品还开始被一些漫画卡通杂志所刊登。每一次拿了稿费,她就请我去狂吃一顿,或者是买我最想要的 CD 来送给我。

"不许瞎说。"唐池看着政治书的封面对我说,"我们是一生一世的好朋友,你怎么可以说这种让人泄气的话。"

我知道唐池是个好姑娘,如果可能,我当然愿意做她一生一世的好朋友,这一点我倒是从来都没有怀疑过。

时间宝贵,于是谈话就进行到这里,我们继续埋下头来背枯燥无味的知识点,因为我们都知道,考上本校的高中部是我们可以继续在一起的先决条件。可是没过多久,我们的苦读就被一个尖锐的女声打破了:"挺像模像样的嘛,这么卖命为了什么?想继续留在这里念高中?还是想……"

说话的人是朱莎,她后面的话没说出来,被她自己的笑声淹没了。

唐池很紧张,她的脸紧绷了起来。也不知道是从哪天起,这个怪异的高三女生就开始缠着唐池不放。唐池拉拉我衣袖,示意我们走开,不要理她。

可是朱莎却不肯放过她,往我们面前一挡,神经兮兮地说:"我倒是想问问你,你究竟用的是什么招数,可以让黄豆豆对你服服帖帖的?"

"你神经病!"我骂她。

"不关你的事!"她也骂我,又对唐池说:"你别以为我不知道,你那些所谓的作品到底有多少是你自己的创作,又有多少是出自黄豆豆之手。"

"你无耻!"她的话严重地伤到唐池的自尊,唐池忍不住大喊起来。

"我是无耻吧,"朱莎扬头一笑说,"也比你不要脸强吧?"

她话音未落,我已一拳重重地挥了过去。那拳头不偏不倚打中了她的眼睛,她捂住眼睛"哇"地大叫起来,没等她叫完,我又补上了一拳,这一拳比上一拳还要准还要狠。算她倒霉,我老早就想打人了,只是没有借口而已。

事后我被老师请进办公室的时候我也是这么说的。只是补上一句:"朱莎早就欠揍了。"

我们班主任老游是个五十多岁的女人,人虽然跟不上潮流,却还算得上是和气,她和和气气地问我:"为什么说她欠揍呢?"

"她老是针对唐池,在外面胡说八道。"

"她都胡说八道些什么?"

"我不想说。"

"是不是说她和黄老师?"老游问。

我不吱声。

"那么唐池是不是天天都去黄老师那里?"老游又问。

"那又怎么样呢?"我忍不住说,"他们不过是讨论画而已。"

"当然,这不关你的事。"老游叹口气说,"我只说你打人,打人为什么非要打眼睛?朱莎就要高考了,如果她的眼睛出什么问题,这个责任谁负得起呢?"

"该负多少责任我会负!"我硬撑着说。

"做事不经大脑!"老游气急败坏地责备我。

正在这个时候有人敲门,进来的是唐池,后面紧跟着的是唐池妈妈。唐池走进来,首先悄悄握住了我的手,她的手冰冰凉,不过我依然感觉到安慰。

"我妈妈来了。"唐池对老游说,"有什么事您可以跟我妈妈说。"

"是。"唐池妈妈说,"游老师我早该来了,实在是抱歉我这个时候才来,不然也不会出今天这事情了。"

"夏奈打了人,打到了人家眼睛,人家家长找上门来,你说……"

唐池妈妈手一挥,果断地打断老游的话:"这样吧,该付多少医药费我们一分不少给,算上营养费也行,不过我也要替我们家唐池讨个公道,朱莎在公共场合多次对唐池进行诽谤,我要她当众向唐池道歉,不然,告上法庭我也奉陪到底!"

有了唐池妈妈撑腰,我和唐池相互看看,眼底全是笑意。

老游给唐池妈妈倒上一杯水说:"孩子的事,不用闹得这么大吧?大家各让一步,事情总好解决。"

"那就各让一步。"唐池妈妈干练地说,"我不希望这两个孩子再遇到什么麻烦,她们也要中考了,中考和高考一样重要。"

"我会从中协调。"老游说,"不过唐池你也要注意影响,不要动不动就往黄老师的画室跑,你知道吗?"

唐池看着自己的脚尖,她显然不知道该如何来回应老游的这个要求。还是唐池妈妈机灵,她让我们跟老游说谢谢和再见,然后一手拉我们一个,出了老游的办公室。走出不远,唐池妈妈就表扬我说:"唐池你跟人家夏奈学学,不要一点脾气都没有,这样子被别人欺负也不知道还击。"

"我有夏奈就行了。她会罩着我的。"唐池甜甜地说,故意让我开心。

"不开心的事别去想。"唐池妈妈说,"晚上我请你们吃大餐!"

"我不去了。回家晚了妈妈又要刨根问底的。"

"那你就先回家吧。"唐池了解我,"骑车小心点,要不车不骑了,坐公共汽车回家也行。"

"我没那么脆弱。"我朝她笑笑,到车库拿了车独自上了路。

春天的夜还是有些微凉，我一路骑一路想，如果我生在唐池的家里，如果我的妈妈是唐池妈妈这样的性格，我是不是也可以更加优秀一些呢，还是，我会变得更糟？

人的命运是那么的不同，性格决定命运，我一直记得这话，是木天在电台里说的吧。

我其实还是在悄悄地听木天的节目，唐池送我一个带耳机的收音机，是在我生日的时候送给我的，只是我已不再用热线参与他的节目了，而是改成了给他写信，用"双鱼"这样一个名字。

寂静的夜里，城市已经睡着了，木天极富诱惑力的声音从耳机里沙沙地传来："今天又收到了双鱼的来信，她的信总是这样，用很舒服的纸，淡淡的字，淡淡地写来。木天想，这个叫双鱼的听众一定是个可爱的双鱼座的女生，那么她应该是刚刚过完生日不久，所以我要在这里祝她生日快乐。双鱼座是十二星座里我最喜欢的星座，双鱼座的人爱做梦，也无时不在幻想，也常将这种情节搬到现实环境中，而显得有些不切实际，但他们是善良的，绝对有舍己助人的牺牲奉献精神；他们是敏感、仁慈、和善、宽厚、与世无争、温柔、多愁善感的纯情主义者，也是十二星座中最多情的一个。让我们来听一首叶蓓的歌《双鱼》,这首歌也特别地送给可爱的双鱼,此时此刻,希望你会在收音机旁。"

紧接着,叶蓓的歌声便悄然响起:"……我们仰起头,看那金色的太阳,你看还有那,田园野上清香的气息……"

歌声里,我的心深深地迷醉,我想,这个世界上也许再也没有第二个像木天这样懂得我心的人。也许他永远也不会知道双鱼就是夏奈,可是这又有什么关系呢,有一个人可以这样地懂你,这样认真地来读你的信和你的心情,应该算得上是幸福的吧。

只是我没有告诉唐池这些,说真的,我怕她会笑话我。

我很认真地读书,快中考的时候成绩一天天地上涨,妈妈的脸色大有缓和,我知道她会在心里说我是浪子回头金不换。我们之间的话仍然不多,但也不会再吵架,她也不会在夜里不敲门就忽然闯进我的房间,或趁我不在的时候在我的房间里胡搜乱翻,争取到这样的权利,我觉得已经足够。

我对自己说,好好念书考个好高中考个好大学,也许我不可能像唐池那样出色,但也应该有一份完完全全属于自己的快乐人生吧。

带着这样的思想,中考来了又结束了。谢天谢地,我的成绩还不错,顺利地升入了本校的高中部。唐池的分数差了一点点，不过作为特长生也留在我们学校。我们不用分开了，高兴地拉着手在大太阳下直蹦。

暑假里我们班十几个同学有次小型的聚会，是在我们班最富有的同学叶琛的家里。叶琛家的房子是一幢小洋楼，一共三层，第三层还有个舞厅，可以唱歌也可以跳舞。早听说她家有的是钱，不过同学三年，我们这还是第一次去她家。因为叶琛说要出国了，是去美国，平日里趾高气扬的她忽然变得很念旧，把家里好吃的东西都统统搬出来不说，唱歌的时候，唱着唱着就哽咽了嗓子。

唐池推推我："叶琛唱歌真难听。不哭可能会好些。"

"那你上去显显宝啊。"我说。唐池唱歌不错，声音好听还不会走调。

"我才不！"唐池矫情地说，"没有一千观众我才不开口。"

我臭她老远。

再接下来唱歌的是林家明，老天，他居然说要把一首叫 *I Believe* 的歌送给夏奈，希望夏奈会喜欢。

大家哄叫起来，叫得最响的就是唐池。

那是热过一阵的韩国电影《我的野蛮女友》的主题曲，我其实蛮喜欢的，没想到林家明唱起韩语来还真是有点像模像样。很深情的一首歌，唱到最后林家明竟然有些嘶吼。唐池悄声说:"夏奈啊,纵是铁石心肠也该肝肠寸断哩。"

说真的,我一向瞧不起林家明,可我没想到他竟会这么大胆地表达他心中的感情,这多多少少让我对林家明有了些新的看法。

就是在那一天,从叶琛家出来后,我忽然很想去看看木天,因为我很久都没有看到过他了。不过在我的记忆里他的模样一直非常清晰,个子不算高的男生,看上去有一丝忧郁,当他笑的时候,你会想到梁朝伟。

暑假里电台管得很严,不让学生轻易地上去,在我的百般恳求下,守门的保安才替我打了木天的电话,告诉他有人在门口等他。没过多久,木天下来了,看到是我,他的脸上露出些许尴尬的神情,把我拉到一边后他问我:"你怎么又来了?"

"我……"我结结巴巴地说,"我好久没来过了。"

"考完试了吧?"他问我。

"对啊对啊,我就是来告诉你,我考上我们学校高中部了,我和唐池一起考上了,要知道这可不容易。"

"那是挺好。"木天笑着说,"不过你以后还是尽量少来这里吧,你妈妈她好像不大喜欢你听我的节目……"

我的脑子乱哄哄地响成一团,瞬间明白了一个事实,我妈妈她居然找过木天了，难怪她现在从不在这件事情上与我再纠缠。我恍恍惚惚地问木天："我妈妈都跟你说什么了？"

"也没说什么。"木天咬咬嘴唇说，"如果你妈妈不喜欢你听电台的节目，我想你还是少听为好。"

我看着他，简直不明白他在说什么。

然后他补充说："如果你妈妈反映到台长那里说我带坏你我就惨了，我们台长最反感的就是这个，我想你还是不要给我惹麻烦了。你说呢？"

我一句话也说不出来，然后转身就走了。那是个天很蓝很蓝的下午，我在大街上一路狂奔，硬是将眼泪逼了回去。

我从此不再听木天的节目，他的懦弱和自私推翻了我对青春的很多美好的设想，还有我的母亲，她背着我所做过的一切我永远都没法原谅。这一切我都没有告诉唐池，我只是换了一个ID上网和雨辰聊了聊，我把我和木天之间的种种都告诉了她，雨辰充满怜爱地对我说："成长就是这样，痛并快乐着，亲爱的你得接受这个世界带给你的所有伤害，然后无所畏惧地长大。"

"谢谢雨辰。"我说，"原来认识一个人是如此痛苦的事情。"

"会好起来的，相信我。这是代价，也是收获。"

我谢谢她，很礼貌地与她告别，她答应我，有空会替我写一篇小说。

"你希望我在小说里用什么样的名字呢？"她问我。

"消失的双鱼吧。"我说，然后下了线。

是的，消失的双鱼，木天将永远也收不到双鱼的信了，永远也不会知道原来双鱼就是夏奈。对他来讲，不知道会不会也算是一种遗憾？

漫长而寂寥的暑假，除了上网就是看电视。唐池比我忙，她有画也画不完的画，可以挣到挣也挣不完的钱，在她不好意思地拒绝了和我一起上街逛逛的请求后，我接到了林家明的电话，他约我一起去爬山。

我没好气地说："这么热的天爬什么山？"

"山里很凉爽的。"林家明说，"我们可以跟旅行团坐车，当天就可以来回。"

也许真是寂寞得发疯了，我答应了他。

无可否认的是，那是一次相当愉快的旅行，山里的空气很新鲜，阳光曲曲折折地照进来，让人感觉像是秋天。林家明背了一个大包，里面全是吃的，每走一小段递上来给我吃。我想起唐池关于有钱后的一个愿望，就是找个大帅哥替她背着旅行袋去环游世界，忍不住笑了起来。

"笑什么呢？"林家明说，"初三后好像就很少看你笑了。"

"不开心怎么笑得出来！"

"那你现在是开心喽？"他说。

"还行。"

"夏奈，你与众不同。"林家明说，"从我第一眼看到你就觉得你与众不同。"

"别拍我马屁，我可不领情。"我板着脸，迎着头上四散下来的金色阳光。

"你不会忘了我吧？"林家明担心地说，"以后我们不在一个学校了。"

"不会。"我很认真地说。

"我会想念你。"他傻傻而动情地说。

四周的树叶沙沙作响，我看着林家明，这个我从来就没有喜欢过的林家明，然后我想到了木天，如果是他对我说这句话我会怎么样呢？

在那个天很蓝的下午，彻底地告别后，木天到底会不会想念双鱼呢？然后我听到自己用冷冷的声音对林家明说："走吧，我们该回去了。"

暑假终于过去，高中生活按部就班地开始。那是一个奇怪的阳光灿烂的秋天，天一直暖和而舒适，学校里进行了一番修整,显得更加漂亮了。唯一的遗憾是我和唐池不在一个班,当然也不再是同桌了。

我的同桌换成了一个呆头呆脑的小白脸男生,说起话来细声细气,让人恨不得在他的背上打上一拳,看看可不可以把他的声带给打粗些。不过他成绩还行,考数学的时候,他会把试卷悄悄地递过来给我看答案,作为交换,考英语的时候我也会多多照顾他。

上午第一堂课刚下,唐池的脑袋瓜就从我们教室门口伸进来。我三步并作两步地跑出去,她做出一副一日不见如隔三秋的肉麻表情对我说:"哇,想死你了。"

"找个新欢啊,"我拿她开心,"你就不必承受思念之苦啦。"

"那可不行!"她抱抱我,"今生今世只爱你。"

我作呕吐状。她笑得天花乱坠。

由于是本校直升的,我们在学校也可以耍耍老资格,到食堂打饭的时候插插队,走过操场的时候背挺得老直老直,做课间操的时候手脚懒洋洋,看初中部的女生的时候斜着眼,甚至,用脚一下踢开黄豆豆画室的门。

当然,这事儿是唐池干的,黄豆豆在惊天动地的踹门声中抬起头来,问唐池:"抽风啊,有没有礼貌?"

"嘿嘿嘿嘿。"唐池说,"老黄我兴奋啊,实在是兴奋,原谅原谅哦。"

"又有银子挣了?"看来黄豆豆比我还要了解她。

"是呀是呀,雨辰又让我画插图啦,她上本书卖得不错,读者对我的插画好评如潮啊!"唐池眉飞色舞地自卖自夸。

"那要请客啊。"黄豆豆说。

"No Problem(没问题)!"唐池财大气粗地说,"想吃什么尽管提!"

"对了,一幅图给你多少?"

"以前三十,这次八十。"

"你们这一代真有机遇,"黄豆豆由衷地说,"出名要趁早,说得一点也没错。"

"你怎么有点酸溜溜的。"我笑黄豆豆。

"喂!不许诋毁我的偶像啊,人家这是淡泊名利,你懂不懂?"唐池赶快跳出来替黄豆豆做主,这么多年了,她始终这样,一遇到黄豆豆的事就马上和我解除统一阵线联盟,没劲得要命。

"别拍我马屁。"黄豆豆说,"我马上要组织一批作品参加全省的中学生绘画比赛,我要你全力以赴,争取拿个大奖回来。"

"是。"唐池立正说,"绝不辜负领导厚望。"

只是我没想到唐池又要我做模特儿。初二的时候唐池曾经替我画过一幅画,那幅画画得不错,一直挂在黄豆豆画室的墙上,但为了那幅画我可吃尽了苦头,坐在那里好几个小时动也不能动。现在,要让我再坐,我可不愿意。

我说:"拉倒吧,别画我,我老太婆了有什么好画的。"

"我会画出和上次完全不同的感觉,夏奈我要的就是你现在的这种感觉,你脸上的每一丝表情都让我有创作的冲动。"

"坐不住了。"我说。

"不让你坐,一切都在我心里。"唐池说,"相信我,我会画出最美的一幅画来。"

"你不如画风景。"我乱建议。

"哈哈,那我不如收笔。"听唐池的口气她好像已经是名扬海内外的大画家了。

真不是一般的显摆,不过如果不用坐在那里受罪,那就让她画去好了,没准我还会被她捧为最红的模特儿呢。

The
Secret 双
Of 鱼
Youth 记

Chatper 4

理 生 一
由 气 些
 的
 ，

高一的时候，我忽然一不小心成了名人。

初一的小妹妹拿着雨辰的新书来请我签名，说是没有雨辰的签名有我的也是一样的。还要求我在书的扉页上替她画上两笔。

我这人一向没架子，再说她留着很可爱的童花头，所以我一一满足了她的要求。她笑呵呵地问我是不是见过雨辰了，她是不是很漂亮。

我摇着头说没有呢，我到现在都不知道雨辰到底是什么样子的。

"啊？"她吃惊地说，"那你怎么可以给她的书画插图呢？"

"我们通过网络交流。"

她露出恍然大悟的样子："哦，原来你们是网友啊，那你是不是常常上网聊天啊，你觉得上网聊天好不好？你会不会网恋呢？"

一连串的问题，似小记者。

我拍拍她的童花头说："姐姐可没空常常聊天。"

"那你忙什么？"

"画画啦，读书啦，和好朋友一起玩啦。总之，高一是很忙的。"

她点点头，拿着书万分崇拜地离去。夏奈笑得站都站不住："唐池哦，名人架子摆得真足哦。"紧接着她捏着嗓子模仿我的腔调，"总之我的业余生活很丰富，画画啦，读书啦……哈哈哈哈。"她笑得前仰后合。

我也笑，我也觉得自己刚才很滑稽。所以说到底，我是一个老实巴交的人，就算以后更加出名，我也一定还是这个样子。

我老妈说，我的运气真的是不错，而且她还找人替我算了命，说我一定会这样顺风顺水地好运下去。我虽然不迷信，可是谁会不喜欢自己好运呢？这时我和夏奈已经不在一个班读书了，我们中间隔着两间教室，每到课间的时候，楼梯口就成为我俩聊天和聚会的最佳场所。夏奈在那个秋天剪了个很适合她的很有层次的发型，不长也不短，衬得她的脸更加地好看。那些日子她一直穿着高领的羊毛衫和洗得发白的佐丹奴的牛仔裤，和我说话的时候，修长的腿斜斜地靠在栏杆上，路过的男生女生都忍不住多看她一眼。

我说："听说你被评为班花啦？"

"有这事吗？"夏奈说，"怎么不是校花？"

"知足常乐啦。"我安慰她。

她上上下下地打量我一下说："说真的，唐池你好歹也算是个画家了，能不能稍微注意一下你自己的形象？"

"怎么我形象不好吗？"我问她。

"岂止不好，简直糟糕。"

"那我应该怎样？"我虚心请教。

"有没有搞错?居然来问我。你画的那些女生不是一个比一个美吗?"她笑着说,"要我说呢,我觉得你应该留长头发,穿粗布的长衣服,有洞的脏牛仔裤,咬着画笔在校园里走来走去地寻找灵感!"

知道她是在拿我寻开心,我懒得再理她。上课铃响得也正是时候,我死命地捏她的漂亮脸蛋一下,然后飞奔回教室。

刚坐下,身后的男生陈有趣就向我打听:"刚刚和你在楼梯口聊天的那个是你好朋友啊,你们怎么一有空就粘在一起?"

我转回头说:"想认识她要排队,在我这里先预约登记。"

"那我排多少号?"他问我。

"一千零八十八号。"

"我晕。"陈有趣说,"你是她的经纪人吗?你别忘了我叫陈有趣,全世界最有趣的人,考虑我加个塞儿啦?"

"看你表现吧。"我给他打气,"有志者事竟成。"

"我这就炮制情书。"陈有趣没脸没皮地说。

看样子,越来越漂亮的夏奈真有望成为大众情人了。不过据我所知,谁也比不过林家明的痴情,他三天两头给夏奈写封信,一有空就到雨辰的聊天室里待着渴望看到她。

可惜的是夏奈的心是石头做的,好像一点也不会感动一样。不知道为什么,她甚至连木天的节目都不听了,我有一次说到木天，她居然问我："木天，谁是木天？"

搞不清她是真忘还是假忘，反正酷得一塌糊涂。所以说，我后面那呆小子还是趁早死了心的好，管你是陈有趣陈有钱还是陈有心陈有意，都没一丁点儿用。

"朱莎事件"后，我和黄豆豆之间的接触较之以前也少了许多。这个有性格的女生很成功地炒作了一场根本就不存在的"师生恋"，在她离校的前一天，无数的人都看到了她贴在校门口的一张海报，是她自己画的。那张海报设计得美轮美奂，上面写着斗大的六个字："黄豆豆，我爱你！"

这件事对黄豆豆的影响非常大，就连我也被叫到教务处去问了话。那个不知道是什么职务的老师板着脸问我："黄老师平时都跟你们说些什么？"

"如何画好每一张画。"我说，"他是个好老师。"

"就这样吗？"那个人显然不满意我的答复。

"还能怎么样呢？"我说，"朱莎是疯子，她变态的。"

"你别跟我说朱莎，我在跟你说黄老师。你不要转移话题。"

我觉得这根本就是一个话题，可是他看上去很凶，我不敢跟他顶嘴，于是我就闭了嘴一句话也不说。等到最后他不耐烦了，居然问我："黄老师有没有对你动手动脚过？"

这都是什么问题啊，我觉得这简直是对黄豆豆极大的侮辱，我的脸腾地红了。他却不折不挠地问我："说啊，不用怕，学校会为你们作主。"

"我只想说黄老师是个好老师。"我勇敢地看着他说，"希望你们不要误会他。"

"你知道撒谎的代价吗？"他恐吓我，"你会被学校开除。"

"可是我没有撒谎。"我说，"信不信由你。"

后来我才知道，除了我，几乎所有常去画室的男女同学都被叫过去问过话，因为黄豆豆的确是一个好老师，相信没有一个学生不替黄豆豆说话，清者自清，这件事终于不了了之。那个对黄豆豆妒火中烧、恨不得置他于死地的教务处的老师也在新学期里被调去了别的学校。可是我还是减少了去黄豆豆那里的次数，我觉得夏奈说得对，少给他惹麻烦，也是尊重他的方式之一。

或者说，我也不太敢过多地去见他了，我的心里开始有一种若有若无的恐惧，至于是恐惧什么，我也说不上来。

"你是恐惧自己爱上她。"夏奈评价说。

我去捂她的嘴，我怕她说出更可怕的话来。我想，就算是我真的爱上了黄豆豆，我也绝不会像朱莎那样丢人现眼。

说到朱莎，我还是前不久听黄豆豆提起，说她最终没有考上美院，也不打算复读，而是去了一家文具店站柜台。我没有去过那家文具店，但我可以想象朱莎站柜台的样子，哪个老板肯请她，脑子不是短路了就是进水了。

再见到朱莎是在一次画展上,那次画展是黄豆豆带我去的,同去的还有其他两三个同学。朱莎胸口别着工作证,看样子在这里做服务工作,看到我们,她迎上来,耸耸肩,很公式化地说:"请跟我来。"

黄豆豆和她走在前面,我听到他问她:"不用上班吗?"

"辞了。"朱莎满不在乎地说,"两个月换三个工作,换得我头疼,还是做点自己喜欢的事情好。"

"也好,在这里干就挺不错。"

"好个屁!"朱莎粗鲁地说,"画展一完我又得歇着,要不您找点活儿给我干吧,好事不要都便宜你的得意门生对不对?"说完,回过头来,眼睛瞟我一眼。

"你是说唐池?"黄豆豆说,"那些机会可都是她自己争取的。"

"越描越黑。"朱莎撇撇嘴,这时我们已经走到大厅里,朱莎指指四周说,"欢迎随便参观。"

我拉开黄豆豆,低声说:"你还理她做什么?她给你惹的麻烦还不够多吗?"

黄豆豆打着哈哈批评我说:"别老是耿耿于怀了,一些小事嘛,忘掉最好。"

这次画展展示的是我市中青年画家近年来的好作品，黄豆豆也有两幅画参展，放在展厅里很显眼的位置。没过一会儿，他就被主办单位拉去接受采访了，他的表情很滑稽，如同要被送上刑场一般。同去的一个男生同情地对他说："没事儿，镜头一晃就过去了，多提提我们学校哇，提提我也行。"

我暗暗地笑，给他送去一个OK的手势。

我们去得比较早，来的人还不是太多，整个大厅里显得空荡荡。我站在那里看黄豆豆的画，忽然发现朱莎也站在黄豆豆的画前，她看得那么入神，以至于脸上都焕发出一种奇异的色彩来。

"你是不是喜欢他？"隔着一张画的距离，她问我。

"是。"我毫不避讳地说，"我仰慕他。"

"小小年纪懂什么叫仰慕？"她嗤之以鼻。

"最起码我懂得如何尊重和不伤害别人。"

"他还好吗？"朱莎的口气忽然软下去，她走近我问，"我知道上次的事情给他带来一些麻烦，没事吧？"

"有没有事都与你无关。"我硬硬地说。

"告诉他我很抱歉。"朱莎说，"请你一定要告诉他。"

说完，她解下胸口的工作证，转身朝大门口走去。

我想了想，追上去说："你干吗要走？这个工作不打算干了吗？如果要说抱歉，你要亲口对他说才对啊。"

"我不想再见到他。"朱莎的眼睛里立刻充满了泪水,"你这个笨蛋,你知不知道你一直想见一直想见的却一直见不到的人,当他忽然出现在你面前的时候你会招架不住?"

我傻傻地站在那里,好半天才挤出一句话来:"过去的都过去了,他不会恨你的,你们还可以做朋友呀。"

"你是个傻丫头。"朱莎忽然笑了,"我嫉妒你就是因为你这么傻,可是他居然看重你,他也真是够傻。你们是天造地设的一双。"

她这人就是这样,说着说着就胡说。夏奈又不在场,我可没把握说得过她,于是只好说道:"随便你。"她把工作证甩到地上,毅然离去。

我不再有心思看任何一幅画。

我在回去的车上跟黄豆豆提起朱莎,黄豆豆忽然想起来:"对啊,她人怎么一晃就不见了呢?"

"她走了。"我说。

"为什么?"

"因为她怕见到你。"

"说什么呢?"黄豆豆不愿意再说下去了,眼睛看着车窗外的风景。

"下一站我要下了。"我对黄豆豆说,"也许你应该去劝劝朱莎，她可以再考美院的，或者复读也行。"

黄豆豆微笑着说："好啊，你自己回家小心。"

我都十六岁了，可是他跟我说话却像我是小孩子。他表情沉稳，不论说到什么事情都是那种处变不惊的样子。无论承认不承认，我知道我和他之间都永远隔着一条岁月的河，纵使拨开两岸的烟雾，也永远都不可能走到一起。

我带着一种复杂的心情有些沮丧地下了车，然后我决定去夏奈家。这么多年来，夏奈好像已经成为我的安定剂，有什么不开心的事，总是第一个想到她。好在她家和我家隔得并不是太远，走十分钟路就可以到了。

我去的时候，她一个人在家，正趴在沙发上看DVD。这是她最大的爱好，什么样的新片老片都如数家珍，她说她将来最想做的事情是做大厦管理员，因为他们的大厦管理员就天天在值班室看电视来着。

她家的沙发又大又软，我也一头倒在她家沙发上："一个人真是痛快啊，怎么你爸爸妈妈都不在吗？"

"对啊。"她递给我一包薯条说，"难得老虎不在家，猴子称霸王。不然我现在还不得乖乖地看书吗？"

"在看什么片子？"

"老片子，《玫瑰的故事》。"夏奈说，"我在校门口那家店淘到的，经典啊，看十次都值！"

屏幕上，一个很大的露台，张曼玉娇俏地笑着，正在替周润发擦眼镜，夜空里是满天的灿烂繁星。我知道夏奈，她就喜欢这种情调的东西。

"画展怎么样，和黄豆豆携手同游是否快活似神仙？"她问我。

"我看到朱莎了。"我说。

"呀，那岂不是半路杀出个程咬金？"

"我忽然不恨她了。"我说，"我觉得她挺可怜。"

夏奈啪一下关掉了电视："不会吧，你没有发烧吧？"

"没有。"我说，"你要是看到她站在黄豆豆画前的那副表情，你也不会再恨她的。真的，也许喜欢一个人就是这么苦，这么可怜。"

"你在说你自己吧。"夏奈抢过我手里的薯条咯嘣咯嘣地咬起来。她吃东西的声音真是响，什么样的零食给她吃起来你都感觉到是山珍海味。

"我和朱莎是不一样的。"我说。

她并不信，看着我意味深长地笑。就在这个时候电话铃响了，电话在我边上，夏奈又是满手的油，于是示意我接。

我接起来，没猜错的话是林家明，声音又哑又急，在那边问：

"夏奈在吗？"

"在。"我憋住嗓门说。

"是你吗？声音怎么了？"

"是我啊。"我忍不住笑起来，夏奈来抢我手中的听筒，我硬是不给，争抢中听到林家明在那边说："要不要再去爬山啊？我这边找到车子，我们又可以跟着去了。"

夏奈终于把听筒抢到了手里，她很凶地对着听筒喊道："我说过你不要打电话到我家里来你听到没有！"

电话被她飞速地挂断了。我脸色微变，看着她说："你和林家明一起去爬过山？"

"是啊。"她满不在乎地说。

"什么时候的事？"

"老早啦。"她看着我说，"你怎么了，陈年旧事提它干啥？"

"可是我都不知道。"我伤心地说，"为什么你不告诉我？"

"唐池你有没有搞清楚，是不是我吃喝拉撒都要告诉你？"她的语气也变得严厉起来，"拜托你不要这么无聊好不好？"

我看着她，不相信这话出自她口中。

要知道我对她从来都是无话不说的啊，我早上吃了一个鸡蛋饼，黄豆豆换了一双新鞋，我们班某个女生的裙子在上体育课的时候关键的部位忽然拉开了一道口子……我从不犹豫地和她分享着我生命中的每一个芝麻绿豆般的小细节,从不怀疑地把她当作我一生一世唯一的好知己,我怎么也无法接受她有事情不告诉我的这个事实。

何况这件事,是关于她和一个男生。

她不是一直都不喜欢林家明吗?为什么又要和他一起去爬山?只是他俩一起去爬山的吗?到底都说了些什么或是做了些什么呢?为什么?为什么她要瞒着我?我从沙发上拿起我的包,默默地站起身来准备离开。

"唐池。"夏奈叫我,"如果你为此而生气,那么你就是白痴。"

她很久没骂过我白痴了,也许在她的心里,我一直就是一个白痴吧,我拉开了她家的门,头也不回地冲了出去。

大街上是明晃晃的阳光,都快到冬天了,还有这么该死的明晃晃的阳光。我在公用电话亭打通了黄豆豆的手机,然后我对着那个肮脏的听筒哇地一声哭了出来。

半小时后,黄豆豆和我坐在了友谊商场底层的茶座里。

我从玻璃长窗里看到他骑车过来,再到车库里停车,再急匆匆地冲进来,一直到他坐到我面前。我在心里温柔地想,其实他还是很关心我的,如果我真的一个朋友也没有了,最低限度还有他师长一般的关心温暖着我,不是吗?

"怎么了?"黄豆豆说,"到底出什么事了,电话里你又不肯说。"

"我感觉我被骗了。"我说。

"被谁?"

"你有过好朋友吗?"我问他,"两个人,密不透风的那种。"

"你是指你和夏奈?"他说,"你和夏奈怎么了?"

"其实也没怎么。我只是认清了一些事实而已。"我也不知道自己怎么会变得这么脆弱,一面说一面眼泪就流了下来。

"呵呵。"黄豆豆说,"要是给人看见,我可是跳进黄河也洗不清了。"

听他这么一说,我赶紧抹掉了眼泪,说:"谢谢你能来,我现在感觉好多了。"

"好朋友吵吵架正常,你不要放在心上,人和人之间就是这个样子的啦,越吵感情越好。"

他不知道,我跟夏奈,其实根本就没有吵架。

"你有女朋友吗?"我问他,"你和她吵架吗?"

"我哪能跟你们一样,我是成人呢。"他耍滑头,又不正面回答我的问题。

"你一定在想我耍滑头。"他胸有成竹地笑着说。反倒弄得我不好意思起来。离开学校的那间画室,黄豆豆显得更加放松和机智。

见我不说话,他忽然一拍手说:"对了,有个好消息正要告诉你，要不要听？"

"什么好消息？"

"先把眼泪擦干，我告诉你。"

"要说就说，不说拉倒！"我使起小性子来。

"怕了你了。"黄豆豆把身子往前一倾，高兴地对我说，"你获奖了！你送到省里去比赛的那幅画，得了金奖！"

"真的！"我高兴得差点跳起来。那幅画叫《少女》，画的是夏奈，题材看上去是老了些，但黄豆豆当时一看就说很有可能获奖，他还说，夏奈的表情为"少女"两个字做了最好的诠释。

"要好好庆祝一下啊。"黄豆豆说，"唐池我看准你了，你在画画方面真的很有灵气，好好努力，一定会有希望的。"

"我也不在乎名和利的。这些比起友情来，其实也是微不足道的。"一想到夏奈，我的心里就划过一阵没命的伤心。

"你呀。"黄豆豆责备地说，"现在气成这样，明天保证又和她勾肩搭背的啦。"

"那你说句公道话，好朋友之间是不是不应该有所隐瞒，是不是应该坦诚相待？"

"从某种角度来说是这样，可是人是个体的，保持个人的一些空间也很重要啊。"我问得诚恳，黄豆豆答得也诚恳。

"你真这么想吗？"

"当然是真的。"黄豆豆说,"朋友是这样,恋人、夫妻其实都是这样。"

我很真诚地向他道谢。他笑着说:"以后别再这样吓我就行,我还以为天大的事呢。"

"你着急了?"我问。

"废话!"他呵斥我。

和黄豆豆告别后我找公用电话打夏奈家的电话,过了好久她才来接。我支吾着没话找话:"是我呃,你在干吗?"

"在等你消气。"她说。

"对不起。"我说,"是我小题大做了些。"

"唔。"

"我请你吃炒栗子吧,明天。"

"唔。"

"哦,还有,我得奖了,画你的那幅画,是金奖。"

"唔。"

"说声恭喜会不会啊?"

"恭喜你!"她的声音差点刺破我的耳膜,然后我听到她咕咕地笑了起来。我知道她不会真的介意。可是我还是有点介意,真的,我不敢去想,在我掏心掏肝的同时,她到底还有多少事情是我所不知道的。

The Secret Of Youth 双鱼记

Chatper 5

一些总是不经意犯过的错,

唐池上了电视。

她这次比我小学五年级那次搞得还大,上的是省电视台呢。节目是唐池去省里领奖的那天录制好的,她老早就告诉我播出的时间,提醒我到时候一定要看。

那晚我们全家坐在一起看唐池。那是一个不大的演播室,台上坐着四位获奖选手,唐池抱着奖杯坐在正中间,一看到她出镜我就扑哧一声笑了起来。她在电视上显得胖一些,还有些紧张,因为紧张,所以眼神游移不定。

主持人也是个中学生,一看就是半路出家,问的问题都很老套,比如:"你什么时候喜欢上美术的啊?"

"三岁。"唐池说,"我妈妈说我三岁的时候拿上了画笔就舍不得放下了。"

"那就算是天才哦。"主持人很夸张地表扬她,唐池的脸上哗地笑出一朵花来。

"这次拿到全省中学生绘画比赛的大奖,请问你最大的感受是什么?"

"很意外啦。"唐池要命地拖起港台腔来,"不过我真的要好好谢谢我的指导老师黄豆豆,他给我很多的意见。还要谢谢我的好朋友也是我画中的人物夏奈,是她给了我创作的灵感,当然还要谢谢我妈妈,她一直非常支持我……"

人家得了奥斯卡都没她那么啰唆。

电视的镜头扫到唐池的那幅画,上面是我微侧的大头,穿一件纯白色的高领羊毛衫,金黄色的向日葵在我身后艳艳地开放。我妈妈叫起来说:"呀,真的是很好看,唐池这丫头有两下子嘛。"

"是我们家丫头长得漂亮,比你当年强多了。"爸爸贼高兴的样子。

"啊呸!"妈妈很凶地啐他说,"就只知道漂亮,姑娘家除了漂亮还要有知识,有知识才有气质,光有漂亮有啥用!"

我当然知道这话是说给我听的。

好在电话铃适时地响了起来,是唐池。我冲妈妈一挤眼,跑到我小房间里去接。

"你看到了?"唐池惨兮兮地说,"你看到我在电视上的惨样啦?"

"很风光啊。"我说。

"去,胖得像猪崽。那个摄影师真是猪啊,怎么老对着我从下往上拍呢?"

"挺好的挺好的,你这下更是要出名啦。"

"嘿嘿,要不要我给你签个名啊?"说到出名她还是挺来劲的,一下子就把刚才困扰她的关于形象的问题给全忘光了。

其实我觉得唐池也挺漂亮的,就是在穿着打扮上羞涩得离谱,一点也不像别的那些爱画画的小姑娘。要是哪天穿件新衣服来上学,她就会浑身不自在,总觉得全世界的人都会盯着她看。在这一点上,你纵是跟她说破了嘴皮也没用。

"睡个好觉吧,大名人。"我友情提醒她,"要保存好体力,当心明天到学校签名签到手软啊。"

"对哦对哦。亲爱的再见。"她在那边很响亮地吻我,我发出夸张的呕吐声挂了电话,隐约还听到她在电话那头发出的银铃般的笑声。

唐池是个明快而坦荡的孩子,在这一点上,我自知不如她。

第二天我起得早,初夏是我最喜欢的季节,天不冷也不热,阳光让人感觉温暖轻松,空气也分外清新。快到学校的时候,我的自行车篓子里忽然飞进来一封信。一个男生吹着口哨从我边上斜斜地插了过去,车速飞快。

我认得他,他是唐池班上的,叫陈有趣。

我在早读课的时候打开那封信来看,信很长,故作幽默,我怀疑他是从网上Copy（照抄）来的，信的全文如下：

夏奈同学：

　　你好，自从我第一眼看到你，你就如同一缕清新的阳光照亮了我的生命。

　　每天每天，我的眼睛盯在课本上，我的神早已乘着你的俏笑去遨游。待到时光悄悄溜走，猛然醒悟，发觉课本没看，笔记没复习，单词也没背，呜呼，一事未成！惜乎悔之晚矣。我想，这是你害我的。所谓"冤有头，债有主"，我自然要向你讨还！所以，我决定追求你！

　　中国人的传统观念，讲究"才子配佳人"。我虽非才子，而你却是实在的佳人。照理本不该冒昧打扰，但又寻思自己还年轻，也许将来能够成为才子也未可知，所以不妨暂时装一回才子，并且私下里认为准才子追求佳人也算不得唐突了。呵呵。

　　如果你觉得本人还有相识的意义，请于本周六晚7：00在学校后面的小竹林见面。提请佳人注意，沿途若有接待，纯属假冒，请自己乘坐11路公共汽车，向校内走200米即到。届时本人将上身着一绿色西装，下身穿一红色短裤，头戴一顶瓜皮小帽，脚蹬一双高腰马靴，左手持一本《情爱幽幽》，右手握一卷《女生天地》。诸般特征，望牢记在心，切勿错认他人。

我想，像你这样美丽善良、温柔体贴、善解人意的女孩，就算不来，也一定不会把我这封信透露给他人，更不会拿出去炫耀吧。我那所谓的一点点小小的脆弱的自尊心就全都握在你的手里了，希望你别损伤了它。多谢多谢。

此致
男生对女生最神圣最虔诚的敬礼！

你诚挚的朋友：陈有趣
草于猴年马月猪日

我潦草地看完它，顺手揉成了一团，扔到了窗外。

同桌的男生问我："又收到情书了，夏奈？"

"你怎么知道是情书，难道是你写的吗？"我同桌长得白白净净，可笑的是人也姓白，于是大家都叫他小白。

听起来，像一条哈巴狗的名字。

小白胸有成竹地说："你每隔两天往外面扔一纸团，不是情书会是什么？"

我不知道他这是什么强盗逻辑，扔纸团和收情书有什么必然的联系吗？不过我不想跟他斗嘴，上了高中后，我变成了一个没棱没角的冷漠女生。

用唐池的话来说，我酷得使地球整体降温五摄氏度。

就在这时，看到黄豆豆在教室外面朝我招手。我疑惑地看着他，他继续招，于是我只好放下手中的英语书走了出去。

"在早读啊？"黄豆豆说，"有件事情想找你。"

"唐池……"我指指另一间教室说，"她在高一（四）班。"

黄豆豆笑了："我的表达能力应该没有问题吧，我是说，我找你。"

"找我？"

"对啊，我替你跟老师请过假了，你现在跟我去我画室一趟好不好？"我点点头，满腹狐疑地跟在他身后。在路上，他问我："对了，昨晚唐池上电视你看到没有啊？"

"看了。"我说，"我要是不看她还不杀了我。"

"呵呵，你当然要捧场啦。"黄豆豆说，"我们学校领导也很高兴啊，唐池给我们学校争了光，他们还说要给唐池发奖金呢。"

"哇，还嫌她不够富啊。"我不满，"对了，到底什么事找我呀？"

"到了不就知道了？"黄豆豆还挺会卖关子。

走进画室，一个我从没见过的陌生人站起身来，热情地伸出手来要跟我握手："这就是夏奈吧，比画上还要漂亮！"

我很拘谨地碰了一下他的指尖。

"坐吧。"黄豆豆招呼我说，"这是我的好朋友简，他是搞摄影的，昨晚看了电视，今天特地来想见见你。"

"哦？"我丈二和尚摸不着头脑。

"还是让我来说吧。"那个叫简的人看上去非常干脆，"我正在替一家知名的青春杂志拍一组少女的照片，想请你做模特，行吗？"

"可是……我从来没有做过这方面的事。"

"我们不需要你的经验，少女最佳的表现就是天然，昨天我只是见到画上的你，今天看到你本人，我更加有信心了。"他咧嘴大笑，像只可爱的青蛙。

"那需要我做什么呢？"

"你只需要站到我镜头前就行了。"

"就这么简单？"

"当然也不是你想象的那么简单。"简笑笑说，"会有些累，不过请你相信我，我会拍出最漂亮的你。"

"就要考试了。"我说。

"我可以等你考完，等到暑假，而且只需要两三天的时间就够了，你看呢？"

"就算是社会实践啦。"黄豆豆插话说，"简的作品是一流的，你看了就知道了。也算是给自己留个纪念嘛，机会难得哦。"

"你们黄老师说得绝对有道理。"

他们露骨地互相吹捧，一看就是一对死党，如同我和唐池。

我答应他我考虑考虑。

这件事当然是第一个告诉唐池，她一听就跳了起来："拍，当然拍啊，有没有谈好报酬？不可以因为你是学生就欺负你的哦，要是价太低宁愿放弃也不能掉价哦。这件事我一定要去跟黄豆豆说清楚。"

呵，就像是我的经纪人。

"八字还没一撇呢。"我说，"再说了，我妈多半不会同意。"

唐池出馊主意："瞒着你妈，有什么事我替你罩着。"

但我回家还是把这件事告诉了我妈。当时是在饭桌上，如我所料，我妈一听就叫了起来："现在社会上骗子不要太多哦，小姑娘家贪慕虚荣，铁定要吃亏上当的！"

"那人是我们美术老师的同学呢。"我说。

"又不是你们美术老师，就算是你们美术老师也不能全相信，反正你别动这些心思，马上就要高二了，好好用功才是真的。"

见我不高兴了，她又赶紧补充说："暑假带你去大连玩吧，你不是一直想去大连吗？"

她有个姑妈在大连，早就叫我们去了。

"不去了。"我说，"马上要高二了，好好用功才是真的。"

"你！"这下轮到她气得一句话也说不出来了。爸爸又出来打圆场说："你也是大姑娘了，什么事好做什么事不好做自己也可以拿主意嘛，妈妈说什么也都是为你好，还不是怕你上当受骗。"

结果一顿饭我只喝下一小碗汤，什么胃口都没有了。对于拍照一开始有的好奇心也消失得无影无踪。

第二天早上的课特别紧，好几堂课老师都拖堂，我一直没机会告诉唐池我不想让简拍什么照片了，到中午的时候我才有时间到她教室去找她。可是她居然不在，陈有趣一见到我,从座位上一跳就出来了:"找我啊,找我还是找唐池啊?"

"你说呢?"我冷冷地问。

"嘿嘿,我的信你看了没有?"从上次那封信起他又给过我好几封信了,我有时拆都懒得拆就撕掉了。

"没看。"我如实说,"唐池人呢?"

"不知道,她上完第三堂课就跑掉了。"陈有趣说,"你做好心理准备啊,你不看我也会继续写下去的,一直写到你不得不看为止哦。

"唐池有什么事吗?怎么连课都不上?"我才没心思和他扯那些事。

"我们哪里会知道,她现在是名人了,说不定是去接受采访了哦。"

我转身离开,可是我心里总觉得有什么不对劲,唐池不是那种随便逃课的人,她到底做什么去了。

我跑到公用电话亭打她家电话,没人接。于是我去了黄豆豆的画室,画室里只有几个初中的小毛孩在画画,我问他们:"看到唐池没有?"他们均向我摇头。再问黄豆豆呢,说是吃饭去了,到现在还没有回来。我的担心开始越来越重,一种不祥的预感在心里慢慢地冒头,一下午的课,我都上得神情恍惚。

就这样一直到放学,我骑车回家,经过小区门口那个小公园的时候,我忽然听到有人在大喊我的名字:"夏奈,夏奈!"

竟是唐池。

我骑着车冲过去说:"喂,你要死啊,一直找不到你,你一个人蹲在这里干什么?"

她抬起头来,眼睛红肿不堪,一看就是哭过的样子。

"你别吓我!"我赶紧跳下车,一把抱住她说,"怎么搞的?到底出了什么事?"

"我做了傻事。"唐池气若游丝地说,"KIKO,我做了傻事,我以后再也没脸回学校去上学了。"

"你倒是说呀,什么事?"我用力摇着她的双肩。

"黄豆豆……我跟黄豆豆……"

黄豆豆黄豆豆,我就知道这事八成不离黄豆豆!我扶她到公园里的木椅子上坐下说:"你慢慢说,黄豆豆要是敢欺负你,我就杀了他!"

"我没脸再见他了。"唐池的泪滚滚而下,"他杀掉了我所有的自尊和骄傲,他以为他自己真有多了不起,他一定小看得我要死,KIKO啊KIKO,你知不知道我多恨我自己。朱莎说得对，我真是个傻子，我真恨不得一头撞死才好……"

我只好搂着她的肩，任她发泄。过了好半天，她才道出事情的原委。其实是很简单的事，她拿了奖金，想请黄豆豆到旋转餐厅吃饭，可是黄豆豆没答应。

"呵呵。"我说，"你别为难他，他不答应自然有他的道理。"

"我只是聊表谢意啊，可是他却往歪处想。"

"你怎么知道他往歪处想？"我没好气地责备她，"你这明明是做贼心虚。"

"他有！"唐池抬起泪眼说，"你知道他跟我说什么吗？他跟我说，'唐池，我希望你快快乐乐地长大，不要有那些无谓的烦恼'。你说'那些无谓的烦恼'到底是什么意思？他明摆着是瞧不起我，他一定认为我爱他爱得不可救药啦！"

"难道不是不可救药了吗？"我狠狠心说道。

唐池这下没话了，只好抱着我呜呜地继续哭。

"哭吧哭吧。"我心里想，反正早也是哭晚也是哭，反正注定了是一场失望，是的是的，唐池对黄豆豆就像我与木天，注定了是一场失望。我早就不相信成人了，他们的世界里有太多的规则和太多的利器，一旦你不小心闯进，就注定是伤痕累累。

在唐池的哭声里，黄昏渐渐地来了，夏天的黄昏美得有些不可思议，脚底的青草散发出一种迷离的香味。唐池依偎着我，我轻轻地拍着她，有一阵子，我疑心她睡着了。这可怜的孩子正在疗伤，我知道我此时最应该做的事情是沉默。

第二天是周末，我答应唐池的要求，去黄豆豆家要回她送给黄豆豆的卡。关于送卡的细节唐池是后来补充给我的，原来那天她除了想请黄豆豆吃饭以外，还给黄豆豆送了一张手绘的卡，卡上有五个字：爱地久天长。

我明白，其实这才是唐池所说的"那件傻事"。

"你不许笑话我。"唐池咬咬牙说，"你要是笑话我，我现在就去死。"其实唐池并不是那种动不动就要死要活的女孩，今天这样纯属例外，这么多年来，我太了解她了，她此刻一定是为自己的一时冲动悔青了肠子。

"好啦。"我对她说，"你放心，我一定替你去要回那张卡，我就说那张卡你本来是要送给我的，我不要，你一气之下才转送给他的。"

"你真这么说？可是他会信吗？"

"我管他!"

"噢,夏奈!"唐池抱紧我,"你快救我,救我于水深火热之中。"

我肩负唐池的重任敲响了黄豆豆的家门,这里我从来没来过,唐池给我画了精确的路线图,上帝保佑我没有找错地方。

开门的竟是简。

他穿着一件灰色的大T恤,趿着拖鞋,头发乱七八糟,一看就是刚从床上爬起来。看到我很高兴地说:"夏奈,怎么会是你?"

"我找黄老师。"我说。

"进来吧。"他热情地邀我进屋,"老黄有事出去了,很快就回来。"

"你们住在一起?"

"合租,省钱为主。"他从冰箱拿出一罐可乐递给我说,"想不想看看我的作品?"

坐着也无聊,我于是点点头。

这个简真是有办法,阳台的一半被他隔成了一个小小的工作室,里面挂满了底片和照片,一不小心就打到你的脸。

简把灯开亮说:"看看我的作品,希望你会对我更有信心。"

我仿佛在瞬间进入一个奇妙的世界,简用镜头捕捉下来的每一刻都让我心动不已。比如一个衣衫褴褛的老农牵了一头白羊,老农的衣服是蓝色的,和天空一样,羊是纯白色的,在他们的身后,则是一片金黄的芦苇在迎风飘摇。

我一张张翻过,简直爱不释手。

虽说我常常看唐池和黄豆豆他们的绘画作品,但我知道,我从未如此地震撼过。

"怎么样?"简在我身后游说我,"你想好没有,让我拍你,让更多的人来见证你美丽的青春。"

我回头看简,他和黄豆豆其实有很大的不同,他有阳光般明朗的笑容,鼻尖上有细密的汗珠,说着很抒情的话,就像个孩子。

"暑假,给我三天就够了。"他继续说,"你就穿你平日的衣服,我带你去海边,还有山里,还有这片芦苇滩。"

"好。"我身不由己地承诺他。

他很高兴地伸出手指要和我拉勾。我把手背在后面,他被我的窘迫弄得哈哈大笑,我想起在黄豆豆的画室里第一次看到他笑,他笑起来,真的挺像一只青蛙。

门铃响了,黄豆豆回来得正是时候,看到我,显然是大吃了一惊。

"夏奈是来找你的。不过她刚刚答应我让我替她拍照,你这个老师要做证,别让她反悔。"简说完跟我们说再见,背上他的大摄影包,走得匆匆忙忙。

黄豆豆看着他的背影说:"这个简,一谈到照片就眉飞色舞的。"

"你一谈到画不也是眉飞色舞吗?"

"哦?呵呵。"黄豆豆笑,招呼我说,"你坐啊,老站着干什么?"

"你和简是好朋友?"我坐下,没话找话,思忖着该如何开口。黄豆豆却开门见山了:"唐池,她没事吧?"

"你不应该伤害她。"我说。

"迟早的事。"黄豆豆有些无奈地说,"她恨我是迟早的事。"

"其实唐池很单纯的,是你想得太多。你的思想太复杂。"

他被我说得有点不好意思了,好半天才说:"你们这些孩子,真是比我们那时候复杂多了。"

"你没恋爱过吗?"我乘胜追击。

"哈哈。"他打哈哈。

"到底有没有?我是说你十七岁的时候。"

"有。"他说。

"那你就不可以瞧不起唐池。"

"天地良心,我没有。"他举手做投降状。

"我来替唐池要回昨天那张卡,因为那张卡,因为你的拒绝,她觉得从此在你面前低了一等。所以,请你成全她。"

"那么你转告她,我很喜欢那张卡,希望可以作为永远的纪念。"

"什么意思?"

"我要走了。"黄豆豆说,"下学期,我会去沿海的一所学校教书。"

"为什么要走?"我好吃惊。

"允许我有点自己的秘密。"他好脾气地征求我的意见。

"你一定又是失恋了吧。"我毫不客气地说,"像你这样的人,总是被感情左右的,可怜唐池一颗少女的芳心。"

他被我说得笑出来,他居然笑得出来,而我却愁眉苦脸起来了,因为我想破了头也想不出,我该如何告诉唐池黄豆豆就要离开的这个事实。

The
Secret 双鱼
Of
Youth 记

Chatper 6

盛夏的
双鱼

夏奈最近迷上了摄影，动不动就跟我说起简和他拍的照片，就像当年跟我说起木天和他的节目一样。但我却一直不提黄豆豆了，如果夏奈提到这个名字，我就会很粗鲁地打断她说："Stop（停）！谁提他我跟谁翻脸！"

"唐池！"夏奈气咻咻地说，"你是我见过的最小心眼的人，你那该死的自尊心真是让人忍无可忍。"

"忍无可忍你也得忍。"我慢吞吞地说，"谁叫你是我好朋友。"

近朱者赤，在她的多年培养下，我也慢慢地学会了她斗嘴皮的本事。她拿我没办法，只好干瞪眼。

课间，陈有趣晃过来，气愤地问我夏奈怎么会找那么老的一个男朋友。

"那人起码有二十五岁。"陈有趣说，"哪有我帅气，夏奈脑子短路了哦。"

"胡说。"我说，"那只是一个朋友。"

"他把手放在她肩上呢，我看不是一般的朋友。"陈有趣说，"就在南郊公园，他背个相机，不停地替她拍照。在学校，我可没见她那么欢快地笑过。"

是吗？夏奈没有跟我提起。

快要期末考试的时候雨辰打来电话，要我考完后替她的又一本新作画插图。我惊讶地说:"你能不能写慢些,一年写这么多书,小心把脑子写坏啊。"

反正跟雨辰也熟了,不再把她当名人,说起话来也可以没大没小。

"不写才会坏呢。"雨辰说,"听到没有,我相信你这次一定会有更好的创意,我对你有信心!"

"我对自己没信心,一个月没提画笔了。"

"有烦心事?"雨辰真是冰雪聪明。

"可以这么说吧。"我说。

"正常的,十六七岁谁没点烦心事,没有才叫不正常呢。"她下死命令,"放假就干活,小说我会发到你信箱里,越快越好。"

"是。"我说。

"双鱼甲呢?"她最后问我,"她恋爱谈得如何了?"

"她谈恋爱了吗?"

"你们是那么好的朋友,你怎么可能不知道?"雨辰说,"到底是好朋友啊,还替她打埋伏呢,怎么你觉得我很古板吗?"

"不是。"

"放心吧,我劝过她了。"雨辰说,"她答应我会谨慎。"

我的心再一次被夏奈深深地刺痛。这就是夏奈，这就是和我亲亲热热的夏奈，她有了心事，宁愿告诉别人，也不会来向我倾诉。

我真觉得自己好失败。我对雨辰说："长大真没意思，你说呢？"

"正在长大的人都这么说，其实这才是意思的所在呢。"作家说话就是有哲理，不管懂不懂，反正说得你心里舒坦。不过我并不打算把我和黄豆豆的事情告诉她，我和夏奈是不一样的，我对友情太过于认真和执着，我渴望透明，心里眼里容不下一粒沙，这也许正是我比她傻的地方吧。

老妈看出我的不快乐，拉住我说："念书都念呆了，不念了！跟我一起到超市买点东西回来。"

天太热了，买完东西，我们拎着大包小包的东西进了麦当劳，打算喝点冰可乐降降温。还没坐下呢，就听到有人喊我："小糖果，嗨，小糖果！"

我吓一跳，谁和我这么熟悉，叫得如此亲热？

定睛一看，竟是林家明，和一个女孩面对面坐着。一大堆吃的摆在桌上，却只有一杯可乐，上面插着两支吸管。我走近了，女孩子也抬起头来冲我笑，她看上去很普通，脸上有好多的雀斑。

林家明对那女生说："来来来，我跟你介绍一下，这就是我的初中同学，大名鼎鼎的画家唐池小姐。"

"神经。"我骂他，"这是你女朋友？"

他不好意思地笑了，算是默认吧。

"我在电视上见过你。"那女生说，"林家明说你是他们初中班上最出色的女生呢！"

怎么最出色的不是夏奈吗？我用疑惑的表情看着林家明。他却不看我，亲热地替那女生理了理额前的刘海。

"再见。"我说，"我喝点水去，渴死了。"

"再见。"林家明也说，自始至终，他都没有问到夏奈一个字。

回家的路上我对老妈说："那个就是林家明，以前死心塌地追夏奈呢，没想到这么快就有女朋友了。真是无耻。"

"哈哈哈。"妈妈大笑说，"年轻人，哪里懂什么是真正的爱情。"

虽然我和妈妈之间无话不说，但这还是我第一次和她真正地触及"爱情"这个字眼，见我有些怔忡，老妈补充说："难道不是吗？在我看来，都是儿戏。"

"我要是谈恋爱，你会不会杀了我？"我试探着问她。

"不用我杀，恋爱就会杀掉你。"不得不承认，我老妈有时候真的很智慧。我还没恋爱呢,好像就伤痕累累的样子了,真是没出息得要命。

我告诉夏奈林家明的事,她好像也是一副漠不关心的样子,而是说:"简找他的朋友替我设计了些服装,挺漂亮的,等考完试就可以好好拍了。"

"怎么还没拍吗?"我装作不知道。

"没正式拍,"夏奈说,"就前两天试了试。"

"哦,不怕你妈妈知道?"

"不管了。"夏奈笑着说,"你知道吗?简还答应教我摄影。"

"夏奈你不会吧?"我有些担心地说,"你真的和那个简……"

"死样。"她骂我。

我的天啊,我的老天啊。看来陈有趣的情报属实,看来雨辰说的也一点不假。

"没事的。"夏奈安慰我,"简是正经人。"

我闭嘴了,我有读不完的书,画不完的画,烦不完的心事。我自身都难保,实在无力去管她太多。

再说了,人家也不稀罕我管。

期末考总算是结束了,我考得差强人意,不过老妈也没有讲我。整个暑假我都在家里画画，偶尔和夏奈一起逛逛街或是待在空调房里聊聊天。

夏奈也忙，我估计她整天都和简待在一起。不过她不对我说，我就不问。有一次夏奈的妈妈电话打到我家来，说是找夏奈，实际上是问我学校今年暑假到底有多少门课要补，怎么天天都要往学校里跑。

其实我们学校今年减负，没有一门功课要补。夏奈明摆着是在撒谎，好在我机灵，替她搪塞过去了。

不过夏奈妈妈也不是那么笨的，快挂电话的时候忽然问我："你怎么没有去学校啊？"

"我逃课了。"我说，"好多画画不完呢。"

"有一技之长多好啊，不像我们家夏奈，以后还不知道靠什么吃饭呢。"夏奈妈妈叹气说。

我差一点说出："没事，夏奈就快成最红的模特儿啦。"话都到了嘴边，舌头一卷硬是给卷回去了。

夏奈知道后拍拍胸脯说："哇，好险！"

"你是不是天天和简在一起？"我问她。

"对啊。"夏奈说，"他替我拍照。"

"要拍这么多天？不是说好三天？"

"不满意就要重拍呀，再说拍完了还要整理。真的很不错啊。"夏奈得意地说,"等照片整理出来我就请你去看。"

"夏奈,你为什么不对我说实话?"我直直地看着她说,"你在谈恋爱是不是?"

"什么呀。"夏奈掩饰地说,"我谈恋爱怎么会不告诉你?"

"你当然会!"我说,"你有很多事都不会告诉我,因为你是独立的,因为你有性格,因为你酷,因为友情对你而言不过如此!"

"你心情不好我不与你计较。"夏奈生气地说,"但是唐池,希望你从现在起停止胡说八道!"

"是我不与你计较。我要是计较,我们早就不是朋友了!"

"唐池你知不知道你在说什么?"她呵斥我。

"我当然知道,我对我说的每一句话都可以负责。因为我每一句话都是发自真心的,可是你呢,你问问你自己,你到底把我当成什么?"

她看着我,一字一句地说:"我们是好朋友。"

"狗屁!"

"你最好收回这两个字。"夏奈说,"不然你试试?"

"我就不收回!"我忍了她很久了,"我怕什么,我什么都不怕!"

"白痴。"她又这样骂我。我最恨她骂我白痴,于是我说:

"我是白痴,你走,你现在就从我家出去,我永远都不要看到你这个聪明人!"

我的手直直地指着门,一动也不动。过了好半天,夏奈说:"唐池,你会后悔的,你总有一天会后悔的,你会一个朋友也没有!"

"那是我自己的事。"

"你会去找黄豆豆,是吗?"夏奈笑笑说,"你一定会去找他诉苦,告诉他夏奈这个人是多么多么讨厌,对吗?不过我提醒你,你要去最好早点去,因为,再过两天,你就看不到他了!"

她又提这个该死的名字,我真恨不得揍她一拳。不过我听不懂她话里的意思。

夏奈扬声说:"好吧,告诉你吧,黄豆豆辞职了,他就要走了,还有两天。"

"呵。"我忽然觉得夏奈这个人很可笑,为了气我,居然编出可信度这么低的无聊的故事来。

"信不信由你,我一直想告诉你,可是你一直不让我告诉你,因为你一听到他的名字就跳脚,而且说实话,我也不忍心告诉你。但是现在我不心疼你了,我一点也不心疼你啦!"她大喊大叫起来,"因为你是这个世界上最没心没肺的人。"

说完，她转身走掉了，把我家的防盗门甩得砰砰响。我在那惊天动地的声音里相信了她的话，我不得不信。

我立在那里，数秒钟脑子里不能思想。然后我拔足飞奔下楼，拦了一辆出租车就往黄豆豆的家里冲。

到了他家楼下，我一口气跑上四楼，发疯般地按响了他家的门铃。

开门的是黄豆豆。

我靠在门边看着他，大口大口地喘着气。看样子他正在收拾行装，整个家显得凌乱不堪。

"进来坐。"他拉我进门，递给我一瓶矿泉水说，"冰箱坏了，没冷饮喝，你就将就点吧。"

我接过来。

他看着我说："瞧你，跑得一身都是汗。"

我真恨他用这种充满关心的语气来跟我说话。我把他递给我的那瓶矿泉水狠狠地扔到对面的墙上，随着一声巨响，瓶子破了，水花四处飞溅，墙上留下一大片水渍。

屋子里静极了，我慢慢地蹲到地上，然后我听到自己不争气的呜咽声。

不知道过了多久，黄豆豆走近，在我的身边蹲了下来，他的声音依然要了命的慈祥："好了，唐池你别哭，你别哭好不好?"

我哭得更厉害了。

他伸出手来,把我扶到了沙发上。"我本来是想今晚给你打个电话的。"他说,"我当然会跟你告别的。"

"为什么要走?是不是因为我?"

"不是。"他肯定地回答。

这答案并不让我宽心,而是让我绝望。我真傻,我竟会以为他走是怕影响我的学业,我真不是一般的自作多情。

"为什么不是?"我嘶哑着声音。

"唐池,"黄豆豆伸手替我抚去脸上的泪水说,"你不要哭,这样我会难过。"

"为什么一定要走?"我不屈不挠地问。

"好吧,我告诉你。"黄豆豆说出一个名字,这个名字我知道,很多很多的人都知道,就是那个如日中天的大明星,人们传说的黄豆豆的前任女友。

"不久前,她在拍电影的时候从马背上摔了下来,左腿摔断了。如果你看新闻应该知道这个消息,她不得不中断她的演艺生涯,所以,我得去照顾她。"

我惊讶得说不出话来,好半天才说:"你们不是早就分手了吗?"

"我们是青梅竹马。"黄豆豆说,"十七岁的那年,我对她许下了诺言,我会守护她一生。要知道,许诺容易守诺难,现在,是我去履行自己诺言的时候了。"

"你真伟大。"我说。

"谢谢。"他并不在意我的讥讽。

"你一直爱她,一直没有忘记她,对不对?"

"对。"他站起身来。

"所以,"我慢慢地说,"忘记一个人很难的,对不对?"

这下他不说对了,而是说:"还有一件事要告诉你,我带走了你一幅画,是你挂在学校画室里的那张。"他从行囊里把那幅画抽出来说,"我一直非常喜欢这幅画,我会把它挂在我们的家里,对她说,瞧,这是我最得意的学生的作品。"

"不胜荣幸。"我捂住脸,泪再次滚滚而下。

他回到我身边坐下,说:"我说过,我会等你功成名就的那一天,我相信我一定可以等到那一天。"

我在心里忧伤地想:"那又有什么意思呢?"

黄豆豆继续说:"还会有一个好男孩,对你许下诺言,陪你走完长长的一生。你会爱他,他也会爱你,我向你保证,一定会有。"

"你简直比雨辰还要抒情。"我说。

他呵呵地笑，捡起地上的那个破瓶子说："真没想到唐池也会发这么大的脾气。"

"你不了解我地方还多着呢。"我说，"以后就更没有机会了。"

"可不？是我今生最大的遗憾。"他说。

"真的？"

他看着我半晌，然后点头。

我心里溅起一阵铺天盖地的浪花，够了，就这样，也应该满足了。

走出黄豆豆的家，天色已全暗，迎面吹来的是盛夏干燥的热风。黄豆豆送我下楼，他向我伸出手来："再见，唐池。"

"不说再见。"我硬是没有伸出我的手。

他耸耸肩，对我的任性表示出极大的容忍。我在暮色里努力地看他，希望可以永远记住他的容颜。

然后，我勇敢地转身离开。

远远站着的，好像是夏奈。没错，是夏奈。

我没有走上前去，也没有和她说话，而是招手拦下了一辆出租车。

其实黄豆豆不知道，他走的那天，我还是去了机场，我躲在角落里，看到他跟夏奈还有简告别。我看到他轻轻地抱了简,甚至轻轻地抱了夏奈。我并没有太多的难过,我内心相当平静,只是固执地不想说再见而已。

夏奈没有电话打来,我也没有给她电话,我们也许都需要冷静一段时间,来思考一下我们之间的问题到底出在哪里。有一天我接到陈有趣的电话,他告诉我他又看到夏奈了,夏奈在星海广场的草坪边,正哭得喘不过气来。

"你快来吧。"陈有趣着急地说,"看来只有你来才可以劝得住她。"

"她一个人?"我问。

"算上我是两个。"陈有趣急归急,还不忘开玩笑。

"那不正合了你心意?"我说。

说完,我挂断了电话。我在沙发上坐了很久,站起身来,开了门却又关了门,再坐回到沙发上。我心酸地想,对于此时的夏奈来说,陈有趣也许比我更加有用一些。

没有夏奈的日子,没有黄豆豆的日子,就这么一天一天地过去了。终于有一次我和夏奈在雨辰的聊天室里遇到,她在,我也在,雨辰也在。

过了很久,我给她发悄悄话说:"好吗?"

"你呢?"她问我。

"还行。"

"我也还行。"她说,"对了,我想告诉你,那些照片拍完了,简也走了。"

"哦。"我淡淡地应了一声,因为我并不奢望与她分享一些秘密,我并不需要同情。

"也许,我们都应该学会原谅。"夏奈说,"原谅木天,原谅黄豆豆,原谅简,原谅我们自己,你说呢?"

"也许吧。"面对她的坦诚,我竟无言以对。

"我在跟雨辰聊天。"她说,"你还记得吗?雨辰答应替我们写个故事的。"

我当然记得,很早以前,我和夏奈在聊天室里跟她吵吵闹闹的时候曾跟她提出过这样的要求,我还记得雨辰问我们:"你们希望写成什么样呢?"

我说:"就是两个女生,好得没有命的那种。"

夏奈补充说:"就是两个女生,吵起来也没有命的那种。"

"那你们好好聊。"我跟她和雨辰说再见,独自下了线。

雨辰是个天才,她没有食言,我没想到她真的写好了这个故事。给我发来这个故事的时候,雨辰还有一封信给我,她在信中说:"我相信,你会为这本书画出最漂亮的插图,我和双鱼甲会充满信心地等候。"

我迫不及待地打开文件,在电脑上一页页地细细地读它。

毫无疑问，这是我和夏奈的故事，里面有黄豆豆，有木天，有林家明甚至有陈有趣。最后，还有简，简离开了双鱼甲，他对双鱼甲说："我会回来，在你长大的某一天，我一定会回来。"

那夜，双鱼甲一直徘徊在双鱼乙的窗下，她想给双鱼乙打一个电话，可是她不知道双鱼乙还会不会关心她。她想对双鱼乙说："我们生活在同一个温暖的水域，也许偶尔会被水草缠绕，但因为彼此温暖的呼吸，相信都不会是死结。如果我说我爱你，我一直爱你，不知道你会不会相信？"

那段文字，雨辰用了别的字体，加粗加深了它。

我知道，她是希望我可以认真地读到它。我也知道，这话是夏奈亲口说的。

新学期就要开始了，又是一个阳光灿烂的秋天。我在全国很知名的一家青春杂志上看到了简替夏奈拍的一组照片，那些照片拍得美轮美奂，让人爱不释手。简给它们起名为：爱上双鱼的日子。

我打通了夏奈的电话，轻声地喊道："KIKO。"她在电话那端骂我："白痴。"然后，我又听到了她咕咕的熟悉的笑声。

等着我们去做的事情
太多了
我们不能总是
沉醉
在一种辉煌或失落于
一种痛苦里
如意或不如意的种种
如果可以不留痕迹
就让它如
一池飞雁
已过的
清潭般安宁美好
让开朗
和无所挂牵
的心情
陪伴我们
过
更全新
的
日子

The Secret Of Youth

雁渡寒潭

The
Secret 双鱼
Of
Youth 记

雁渡
寒潭

萌子和我的第一次见面是因为她耍了个不大不小的阴谋，而一向聪明的我则很不合逻辑地落入了她的阴谋之中。

事情很简单。

那一回她写了封倾盆大雨似的长信向我陈述了她再也不愿生存于这个世界的种种原因。信的末尾颇有技巧地加上这么一句话："我现在唯一的愿望就是希望能够在死之前见你一面。"

我是一个十八岁的女孩，念高二。和别人有那么一点点不同的是，我比较喜欢写小说。十四岁的我写了第一篇小说《正值青春》并拿了一个奖，此后写作便成了我寄托梦想和调剂寂寞的最佳方法。

但自从我的名字被冠上了"少年作家"这一称号以后，我就开始觉得厌倦，没劲透了。在我的心目中，作家都有一个宽宽的智慧的额头，清澈的眼睛里蕴藏着历尽沧桑的睿智，我深知自己没有这些，我害怕别人这么叫我，像做了贼似的心慌。

萌子的信撇开了这些来写，只是诉说着她自己的故事，感情处理得恰到好处而又合情合理。只是在信末写道："我现在唯一的愿望就是希望能够在死之前见你一面。"

我毫不怀疑地如期赴约。

老远我就靠自己敏锐的直觉认出了萌子。很高的女孩,大摆的花裙上彩蝶乱舞,眼睛弯弯的,一脸十四岁少女特有的狡黠与娇媚的神态。

打死我也不信这样的女孩会自杀。

见了我她自那边飞奔过来,捉住我的手臂亲热而夸张地乱叫:"我就知道你一定会来的,哇!我真不敢相信真不敢相信………"

我明白自己被骗了,没好气地说:"我又不是时下令你们晕头转向的大明星,犯不着如此费尽心机。"

"一点幽默感也没有,不像你的小说。"她似模似样地批评我,见我不作声瞪着她,随即又放开我的手,垂下头去,委屈地说:"人家喜欢你写的小说嘛,可我的同学们说写给你的信你从来都不回的。"

"怎么说你骗人也不对,以后别这样了。"萌子鲜明而生动,极像以前的我,我在刹那间喜欢上她,不由自主地充当起姐姐的角色。

"知道知道。"她不停地点头,像个做了错事诚心悔改的小孩。片刻她又重新活跃起来,急急促促地问我:"黎姐姐,快告诉我十四岁到十八岁是怎么回事,是不是像你小说中一样美一样好?"

我一时不知如何回答，只是主动去握她的手，慢慢地说："这恐怕得由你自己去体会。"萌子的手干爽而柔嫩，一握就知道是双被宠坏了的手。

她很不满意我的答复，撇了撇嘴但立刻又咯咯地笑起来。我问她笑什么，她把手往我头上一比说："你没发现吗？我比你高出许多。"说完了又是笑，青春无邪得要命。

那天我和萌子聊了很久，她是一个多话的女孩，可是丝毫不让人觉得乏味。话题也很新鲜，诸如她的语文老师戴的是假发一点也不好看，邻居阿三养狗发了大财不拿正眼看人等等。后来又执意要送我到我家楼下，我跑到阳台上去跟她说再见，她眯起眼睛对我挥手，年轻的面孔和美丽的花裙在金色夕阳的沐浴中楚楚动人。

于是我和萌子成为朋友，一个高二，一个初二。她在我的身上找寻十八岁应有的光华和骄傲，我从她的身上回味十四岁的那份纯真与温馨。相辅相成的友谊令我们快乐不已。

当然，后来我就跟林沐讲起萌子，讲起那一次因欺骗而起的相识。林沐听了后大笑不止，嘲弄地说："亏你还会相信，难道你不知道你们女生喊自杀的十有八九都在唬人吗？割脉的连毛细血管都没割破，就妄图震动全世界为她失声痛哭!"

林沐这人不仅偏激而且老土,我懒得和他理论,连一个白眼都没舍得给他。

说起林沐总觉得有好长一段故事。

我们是邻居,从小学起便是同班同学。小时候的我是个很不好惹的女孩,二年级时曾因一件小事在众目睽睽下与两个男生打架,一个被我抓破了脸,另一个则更惨,被我推进了教室门前脏兮兮的阴沟里。

那个更惨的人就是林沐。

林沐爬起来后并没有去告状,之后也没有采取任何的报复行动,只是一直到小学毕业,见了我都定定地绷着一张面孔,仇人样的不言不语。

上了初中,林沐一下子长得很高,人变得挺拔起来,性格也活泼了不少。当我在写作上崭露头角的时候,林沐在数学方面的特长也渐渐显山露水,一连参加了好几个与数学有关的竞赛,都喜滋滋地捧回来个头奖。可是他的英语却怎么也学不好,读音蹩脚且不说,语法也老是混淆不清。

有一次给英语老师抽上台去做一道很简单的关于 on top of(在某物的上方)和 on the top of(在某物的顶部)

的选择题,这头笨驴想了半天也不知道答案,最后竟在上面大大咧咧地写上了一个数学的空集符号"φ",笑得全班东倒西歪。

我和他却恰恰相反,ABC怎么变也难不倒我,数学却一直很跛,能考上六十分就算发挥良好了。

所以我和林沐很自然地结成"互助组"共同学习,七个男生一个女生,起初也有不少的闲言碎语,也被人在墙上写过"××爱××不要脸"之类的话。但我们都是"脸皮较厚"的那种人,几年下来,流言蜚语早已疲惫得烟消云散,我们的友谊却存活下来,变得十分轻松与自在。

林沐自忘了小学二年级那件事以后就常说我是个好女孩,活泼开朗又乐于助人,就是不该写小说。林沐压根也瞧不起我写的小说,认为那是"吃饱了没事干杜撰出来骗人的东西"。至于我那帮亲爱的读者,他则更是毫不留情地称之为"瞎了眼的一群"。为此我当然并不生气,我总想那是因为他嫉妒我。

萌子总在我毫无预料的情况下出现在我面前。

周末,她将门敲得咚咚作响的时候,林沐正在教我做那几张乱七八糟的数学试卷,搞得我头昏欲裂。萌子似救兵般从天而降,还带来一大包香美可口的牛肉干。这一下我很高兴，有了不学习的理由，不过林沐好像更高兴的样子，看来，教我数学并不是一件很快乐的事。

我招呼萌子坐下，林沐很知趣地起身告辞，刚走到门口，他突然转过身来问萌子："你——就是要自杀的那个？"一边说他还一边用手在脖子上抹了一下，"嚓"的一声。

萌子狠狠地白他一眼，转头骂我："大嘴巴！"

林沐心满意足地离开。我把萌子请进我的小屋，面对面地坐着，一人一杯茶，配着牛肉干大嚼。

"他是林沐？"萌子问。

"你认识？"

"你们什么关系？"萌子似审犯人。

"同学、邻居。"我老实巴交地回答。

"仅此而已？"

"仅此而已。"

萌子不信，问我："为什么你不做他女朋友？"

"为什么我要做他女朋友？"我啼笑皆非。

"他很帅。"萌子装出一副很神往的样子，"我在电视上见过他，那次趣味数学题抢答，他几乎包揽所有的题目。"

是吗？怎么我不知道林沐原来也这么有名。

"我来找你是因为我遇到一些烦恼。"萌子坐直身子，进入正题。

"陷入情网？"我故意地。

"你真老土。"她笑我，然后告诉我，"事情是这样的。"

萌子有一个最好的朋友叫智子，她一直都把对方当作最知心的朋友来着。有一天智子突然提出要和她交换看日记。

"我起初很高兴，"萌子说，"我想知道和我一样大的女孩心里在想什么，是不是也和我一样，智子是我信赖的人，所以我答应了。"

可是直到今天，萌子才发现自己被骗了。

智子换给她那本日记是假的。

怪不得一点意思也没有，毫不精彩。而她真正的日记本是非常漂亮且高级的，还能够上锁，一直悄悄藏在书包里。

"我从来没被人这么骗过！"萌子很伤心，像被人把什么东西都抢走一无所有的恐慌。"黎姐姐，我要报仇，你告诉我怎么做。"

"萌子，"我坐到她身边，怜爱地抱住她的肩，"可是这件事你只能用宽容来处理。"

"为什么？"她昂起头瞪大眼不解地看着我。

"你听我说，事情已经过去了，不是报仇可以挽回的，相信智子本性不坏，你的宽容迟早会让她觉得内疚。"

"是吗？"她怀疑。

"是的。"我说，"记住这次教训就好，等以后你还会发现，有很多事都不如你想象中那么完美，成长总要付出代价，保持一颗宽容的爱心比什么都重要。"

"我试试看。"萌子勉强地说。临别时，她很庄重地问我："黎姐姐，你所说的'代价'是什么，会不会总让人不如意？"

"傻丫头，"我弄弄她乱蓬蓬的短发，"别杞人忧天，归根到底成长是一种幸福。"

她好像很相信我的话，转忧为喜哼着歌曲下楼。听着萌子轻快的脚步声，想着我刚才对她说的话，我都不知道我该不该那样教她，我心里是不是真的那么想。其实我也只是个十八岁的女孩子啊，我也同萌子一样期待着有人依赖有人为我指引人生，可是所有的人都当我很成熟，包括爸爸妈妈在内，他们都看不到作品后面的我也有着一张常常张皇失措的脸。

或许，或许林沐知道。

记得那是一个初夏的清晨,薄薄的晨雾纱一样地笼罩下来。我和林沐走在上学的路上。风很柔,马路上没有车辆驶过,空气中只有淡淡的湿漉的清香,真的是很安谧很美妙的一个夏日之晨。我整个人觉得很轻松,一边走一边张开双臂来对着天空,像电视剧里抒情的女主角。

林沐突然没头没脑地问我:"蓓洁,你今年十八岁是不是?"

"是的。"我说。

"你知不知道你很有名?"

"知道。"

"累不累?"他突然换了一种前所未有的语调来问这三个字,吓了我好大一跳。

"干吗问这个?"我笑嘻嘻地避开话题,心里却狠狠地抽痛了一下,其实我好想说林沐我累我真的累呀,但是我说不出口,我都不知道为什么我就是说不出口。

也许,我只是害怕让别人知道我也需要理解。

很可惜,林沐不是我想象中的白马王子,我们截然不同,毫不相关,要不我就可以拥有一个可以任意流泪的臂弯。也很庆幸,林沐不是我想象中的白马王子,像我这样感情丰富的人,是极容易踏入误区迷途难返的。

说到底，我很骄傲也很感激拥有这份友谊，一切都纯得像水晶。

暑假来得很迅速，一下子就考完了试空闲下来。由于校舍要大整修，以前雷也打不掉的暑期补习也打掉了。我收到好几家杂志社的来信邀请我去参加他们的夏令营什么的，可是我什么心情也没有。期末考试成绩平平，父母隐藏着的忧郁眼光以及即将到来的高三，常常让我一想起就不由得落到手足无措的境地里去。

我原本是个飘逸洒脱的女孩，真实地拥有一个十八岁少女应有的足够的虚荣，无数的读者来信赞我心灵剔透不染俗尘所以写得下轻巧透明的文字。但我终究只是个俗人，近来我总俗气地想，若考不上大学就一切都完了，我想上大学，复旦大学中文系，想得要命。

于是整个假期我都扑到数学里去，常常半天半天地耗费在一道怎么也弄不懂的题目里，林沐说我像"红了眼的赌徒"般拼命，一个很老调的形容词，却说得我很伤心。

"蓓洁，"他说，"你患得患失所以心力交瘁，你不还在小说中告诉别人青春是公平的，一切不能操之过急吗？"

林沐记得我小说中的话？怎么连我自己都竟然不记

得了？

"是的，"我说，"我想见萌子。"萌子让我觉得轻松让我开心愉悦，可是放假这么久，她竟一次都没来找过我，是不是小女孩一夜间长大了不再需要任何的帮助和安慰？我不喜欢这种被人遗忘的感觉，怅惘到极点。

"你的朋友，"林沐支吾地说，"我好像在哪儿见过。"

"在哪儿？"

"蓝梦酒吧。我从那儿经过见她穿着制服在门口同什么人讲话。"

"你是说萌子在酒吧做服务员！"我大惊，差点跳起来。

"利用暑假打工没什么不好嘛，勤工俭学不是一直都很提倡吗？"林沐慢吞吞地说。

不，我不能接受。萌子做什么都可以，就是不能去那种三教九流聚集的地方。"蓝梦"是出了名的乱，绝不是什么好场所。萌子似我过去的影子，我爱她，她就像我的亲妹妹，我绝不允许她浓妆艳抹地穿梭在那样的人群里，绝不允许。

我对林沐说我要去蓝梦一趟，他问我需不需要陪，我说："不要，你回去多背几个英语单词好了。"

"萌子有她自己选择的权利,你不要太逼她。"他告诫我。我点点头,一个人打着伞出门。晌午时分,街上行人稀少,太阳很毒,孤孤单单地射在我身上,我心里满是对萌子的空空失望。

走到蓝梦,我毫不犹豫地迈了进去,在烟酒的雾色和音乐的嘈杂声中,我四处寻着那个和别的服务员一样穿着黑格白底制服的十四岁的女孩子。里面大约放了冷气的缘故,骤冷骤热令我的身体感到很不舒适。

"嗨!"有人在背后重重地拍了一下我的肩,转头看正是萌子,手里拿着空托盘甩来甩去,贼眉贼眼地看着我。

"跟我走,以后别来了。"我开门见山。

"干嘛,黎姐姐,是不是怪我很久没来看你,你看,我现在是有工作的人了,实在脱不开身。"

"萌子!"我生气。

"到那边坐下再说,今天我请客,快点嘛,黎姐姐。"她一面说一面把我拉到里面较偏僻的位子坐下,很快给我端来一杯不知叫什么名字的冷饮。

"我就知道你一定反对,所以一直不敢来告诉你,可是假期太无聊了,我想赚钱买条好裙子穿。"萌子急忙解释。

"无聊可以看看书练练字,想穿好裙子我替你买,别做了好不好?"我几乎是求她。

她毫不领情,竟然笑起来:"怎么你说话像我妈,幸亏我妈不知道,要不她非打死我不可!"

"你才十四岁。"我提醒她。

"嘘——"她制止我,"小声点,别让老板听见。这儿的人都当我十七。"

"你看看这是什么地方,乌烟瘴气。一定要做的话为什么不去东方之珠或艺术城,既高雅又体面。"

"人家会要我吗?你信不信那些地方的服务员都有大专文凭,"她嗤嗤地笑,"再说这儿薪水也挺高的。"

"萌子你让我担心。"我说。

"相信我,我会洁身自爱。"她对我发誓。

我知道再说什么都是多余的,林沐说得对,萌子有她自己选择的权利。我无能为力地起身告辞,萌子送我到门外,强烈的阳光刺得我睁不开眼,我听见她靠在门边低声说:"黎姐姐,我在想,也许我们的十四岁不会全然相同,社会在进步,希望你理解我。"

"我试试看。"我说,学她的口吻。

"真的好谢谢你,有空常来看我。"萌子与我握手,仍是那双干爽柔嫩的手,却在十四岁的时候就想扶持一下自己整个的人生，我很感慨。

时代在进步，难道萌子在暗示我已经落伍？当我在自己的象牙塔里编织我美丽的文学梦时，难道我已经错过或误解了许许多多正在千变万化着的人物或事物？

回到家我立刻就翻出十四岁的日记来看，我急迫地想回忆一下那个时候的自己究竟在想些什么，但我知道不会和萌子很相同的，这一点连萌子也看到，虽然我们相差仅仅四岁。

我发现自己那时的日记写得很好，文笔优美丝毫不比如今的逊色，找遍日记也找不到一点点灰色的东西，春风得意的日子刚刚萌芽，心里有的全是对未来彩色的希望。但是除了渴盼长大以外，我没有刻意地去追求什么，在父母羽翼下的我希望独立却一直循规蹈矩地生活，和萌子比起来，我是个胆小安宁的孩子，顶着一顶瑰丽的花冠。依我现在的判断力，我还不知道究竟是我好还是萌子好，还是我们一样好。

高三终于不可阻挡地来了。

开学的前一天晚上，我对爸爸妈妈宣布说这一年我打算不写作也不看任何的课外书了，要好好拼一下。爸妈很赞许也很高兴，我明白那是他们一直想对我说的话，不如让我先说出来更让他们宽心一点。

到了班上,我发现其实很多人都跟我一样的,一副决一死战的心态。好像只有林沐最松闲,除了见他抱本英语书看看以外并没怎么加紧用功,中午的时候,我还发现他一个人常常跑去街上的激光厅看录像或听演唱会什么的。

"虚心使人进步,骄傲使人落后。"有一次我说他,"你不要和现实背道而驰。"

"我又没怎么,不是和以前一样吗,为什么要把自己弄得那么紧张?"他很不理解。

当然,林沐和我不一样,他数学太好,除了英语差一点,其他科也不赖,从小成绩就处于居上不下的地位。而我是从来不在乎成绩的,差一点也没什么关系,我不一样光芒四射受人崇拜喜爱吗?我很懊恼到现在才明白成绩的重要性和必要性,它是我通向外面的世界的唯一一张通行证。

我实在是很羡慕林沐。

初三的萌子又长高了些,星期二的下午她从学校骑车到我们学校找我。当时已经放学,我在教室里缠着地理老师问那个老也弄不清的气流和风向。地理老师很耐心地给我讲解,他是一个很喜欢学生问问题的老师,常说没问题的学生"糟透了",我第一次在他面前远离"糟透了"这个字眼。他好像很高兴，夹着讲义走的时候还兴冲冲地鼓励我："黎蓓洁同学，好好干，你一定前途无量！"

我装出一个很感激的微笑送他走。

萌子就在这时像旋风一样冲进来："在校门口等你半天也等不到，还好林沐告诉我你在教室里。"

"林沐呢？"

"在操场上打篮球。"

"黎姐姐，"萌子走到我课桌前来，"你看，这么多这么多！"一面说一面从兜里掏出一大把花花绿绿的钞票来放在我桌子上。拜金主义浓得很。"全是我自己赚的呢！"她轻喘着气对我说。

我很为萌子那一瞬间的神色心动，但我还是打击她："这有什么，真是没见过世面。"

"其实你也嫉妒我对不对？"她凑到我面前来，"怎么样，我请你看电影？"

"恐怕不行，"我很抱歉，"我有很多事急着做。"

"你真扫兴。"她不快。

"或许，星期六？"

"到那天也许就没这种心情了，你是我敬重的朋友，我要和你一起分享快乐。"她固执。

"我已经感受到了,真的,萌子。"我哄她,"我们心灵相通,不一定非看电影不可。"

"你真扫兴。"她重复。

这时,林沐大汗淋漓地进来,问明缘由后"自告奋勇"地要陪萌子去电影院。结果他们就真的抛下我走了。林沐骑车,萌子搭在后面,招摇过市地驶出我的视线。

萌子一定挺失望,但也只能这样了。我一向是个守原则的人,清楚地明白什么时候该做什么,什么时候又不该做什么,当我把那一大堆心爱的杂感、随想及稿纸咔的一声锁进抽屉的时候,我很佩服自己。

然而我却没有发现,那段日子我带给自己的压力足以压死一头大象。

高三的确是十年寒窗中最为特殊的一年,每一个很平凡的学生到了这一年便拥有一份与众不同的心情故事,目睹着身边的每一个细节,我感到自己从来没有这么激动过。

期中考试来临前夕,莫名的沉闷恐惧和担心时时偷袭我的心,就这样我放弃"原则"无可选择地逃回了我的小说中去。用笔来抄写或改造人生让我觉得很安全,一切都安然无恙,我忘了自己正走在高三,走在一片茫茫的雨雾里,要么拨云见日要么陷入泥泞。

林沐问我是不是又在写什么小说,我掩饰说怎么会呢,学习还忙不过来呢。

"你骗人,"他说,"你知不知道每次你要写点什么的时候,就会长时间表情特殊眼光犹豫不定,这方面你不要太放纵自己,有时间倒不如同萌子去看场电影轻松一下。"

"你是说我不轻松?"

"何止不轻松,简直沉重。"林沐望着我,"我还是习惯以前的蓓洁,一个又凶又狠时哭时笑的小疯子。"

"那时的我可以不高考,可现在的我要高考。"我有气无力地辩解。

林沐笑了,他居然笑得出来。但过了一会儿,他又很诚恳地说:"生活不是小说,蓓洁。别以为你会重复那些千篇一律的故事,做那些千篇一律的悲剧主角。你很有才华,放轻松点前途无量。"

又一个前途无量!天知道,要是我真的落榜了会怎么样,爸妈会怎么想,林沐萌子怎么想,别的那些人怎么想,而我自己,又会怎么想。

期中考试刚结束,我就收到萌子托人带来的信,像发电报一样,叫我无论如何也要去她家一趟,然后附上一张地址的字条。我猜想可能是她的生日，说不定高朋满座、觥筹交错的场面，于是又特地去礼品店包了份礼物藏在书包里以防万一。

一走到她家门口，我就知道刚才是自作多情了。

门开了，萌子一个人冷冷清清地坐在屋子中央的地毯上等我。见我出现，送过来一个很做作的微笑。

我弯腰换鞋，诧异萌子有一个如此富丽堂皇的家，只是有一些空洞的孤寂。

萌子从后面来抱住我，声音忧郁他说："黎姐姐，我想恐怕我恋爱了。"

电话在这个时候惊叫起来，萌子放开我去接。我替她把大门关上，听见她在那边讲话，声音嗲得要命，好半天才挂掉。

"那个'恐怕'的电话？"我问她。

"不是，我爸妈的。他们去了上海，留下我一个人在家。"

"你父母做什么工作？"

"做生意。"萌子耸耸肩，不愿多说。

环顾四周，我发现其实萌子是个要什么就有什么的小公主。想到她在酒吧里可怜巴巴地说一切只是为了一条好裙子，想到她对我哭诉腰酸背痛，每天回家都要把胳膊浸到凉水里泡上十分钟,我难以相信。

萌子不过是个小女孩而已。

"黎姐姐,"萌子有些艰涩他说,"我刚才说的是——林沐。"

"林沐?!"怎么可能?他和萌子不过两三面之缘加一场电影而已。

"我想一定是爱情,简直朝思暮想。"她苦着脸,藏也藏不住的慌乱。

这个林沐岂有此理!我回去非找他算账不可。

"他很有知识很帅气,"萌子接着说,"最重要的是还带点孩子气,我喜欢有点孩子气的男人。"

越说越离谱,我制止她说下去。"好了,"我说,"我会替你跟林沐讲清楚。"

"不关他的事,是我自己一厢情愿,请替我保密,好吗?"萌子柔声说。认识她这么久,我从未见她这么温柔过,全然不像那个被人骗看了日记的萌子,连激动的锐气也已忘记,完完全全迷失方向。

我心折,继而心痛。

但我不知道该怎么做,我从来没感到自己那么无能过。也不能开口劝她,一劝必然落到俗套里去,萌子不再是小女孩，我不能够敷衍她。

"我想我不一定是那么傻的。"萌子将头枕到我肩上，声音轻得像耳语。然后我们就那么静静地坐着，什么也没说。坐到壁钟敲了六下，夕阳从窗口缓缓地沉落下去。一抹惨淡的微红在房间里跳跃，如同我们各自不同的心事。我感到萌子的泪来了又去了，坚强而早熟的女孩，在独自完成一个艰难却必须的心路历程。

我幻想过无数的恋爱，但我从来没有真正地爱过，也没有发现有谁可以让我日夜挂牵。从萌子身上传过来的温热让我隐隐约约地觉得我以前有许多想法是错的，年少的痴情不一定就非是疯疯癫癫执迷不悟幼稚无知不可，萌子他们这一代与我们仅仅四五岁之差，思想却如同前进了半个世纪。想着想着这些我骤然发现这样的一个黄昏一生一世也不会再重来，而我的未来还很长，像歌中所唱的那样"一条小路曲曲弯弯细又长一直通向迷雾的远方"，沟壑迷离吉凶未卜，高考比起来，不过是一堵跨脚可过的矮墙。

人，就是那么奇怪，再多的训告再好的事例也不一定能让你学会点什么。而你自己，却可以在片刻间教会自己该怎样长大。少女长成一株花，美丽动人，心地善良，却坚强如风雨前屹立的大树。

八点钟的时候，我和萌子开始吃一顿很丰盛可口的晚餐。除了淘米洗菜我几乎什么都不会，萌子却是个绝好的厨师，手脚麻利花样翻新，她做的糖醋排骨差点让我连舌头也一起吞下去。

隔着一盆腾腾冒着热气的汤，萌子问我："你会不会笑话我？"

"怎么会，我会忘了这事。"

"你是说像雁渡寒潭那么简单？"

"雁渡寒潭？"

"是的。风吹疏竹，风过而竹不留声；雁渡寒潭，雁去而潭不留影。是不是真的可以那么自然地看待一些不快乐的事，我希望能快快地消化掉。"她说。

"萌子将来想做什么？"我问。

"老师。"她出乎我意料地回答，"我要做个好老师，做我学生的好朋友，我教他们知识为他们排忧解难，这样就可以永远年轻。"

我自愧不如。

我曾经一直以为自己是萌子的好姐姐，骄傲地认为自己可以告诉别人该何去何从，却远没有想到小女孩反过来教给我的还要更多、更多，更多得多。

萌子送我到公共汽车站，快上车前我掏出书包里那份礼物递给她："本来以为你叫我来是你生日，所以准备了这个，不过好像一样有用，萌子你知道吗？你长大了。"

"黎姐姐……"她很激动，接过礼物欲言又止。

我拍拍她，转身跳上停下来的公交车。车子一喘气绝尘而去，把萌子路灯下的身影远远地抛离我的视线。

我想哭，却没有泪。萌子一定有一个很好的将来，好到我们想也想不到的那么好。我再也不必为她担心点什么，真的，再也不必。

下车后发现林沐在车站等我，手里拿着一本笔记本在背单词，见了我他很欣喜地迎上来："这么晚才回来，你爸妈很担心，叫我来接你。"

"不必了，"我甩着书包，"我又不是小孩子。"

"你是，"林沐很认真地说，"其实我们都还是。"

我不吱声，默默地走。

"是不是期中考没考好？"他在我背后问，然后说，"蓓洁，我一直想，你该从你的小说里走出来，最实际的是一只脚踏在小说里，一只脚踏在生活里，你说呢？"

我站定。秋意浓浓，夜色阑珊，林沐的眼睛里闪过许许多多我一直逃避的东西。我很相信我的第六感，它准确无误，万无一失。林沐的确是有一个不为人知的秘密，那个秘密与我有着千丝万缕的联系。

"你说呢？"他又温和地问。

我点点头。啊，没有关系，我知道林沐他不会说的，至少在现在他一定不会说的。林沐了解我就如同了解他自己，他是一个好男孩，守口如瓶的理智为我们的年轻平添无数的奇光异彩。

上了楼，我开门进去，林沐窸窸窣窣地在找他的钥匙。

我关了门又打开，探出头去叫他："喂，林沐。"

"什么？"他转身。

"你知不知道什么叫雁渡寒潭？"

他一脸的疑惑。

我笑一下关上门，林沐会知道的，当一日又一日朝阳再起的时候他一定会明白的。等着我们去做的事情太多了，我们不能总是沉醉在一种辉煌或失落于一种痛苦里。如意或不如意的种种如果可以不留痕迹，就让它如一池飞雁已过的清潭般安宁美好，让开朗和无所挂牵的心情陪伴我们过更全新的日子。

蓦然间，我突然想起曾经对萌子说过的一句话：归根到底，成长是一种幸福。

以前我没有把握，但现在我知道我没有骗萌子。

至于明天是不是有很多的坎坷或不可拒绝的忧伤。

谁在乎呢？

雁渡寒潭罢了。

我们有信心在快乐里把握自己的一生。

一切
荒唐也罢
好笑也罢
都已成为
过去
青春的
残局
只有
靠自己
收拾

夜奔

The Secret Of Youth

The
Secret 双
Of 鱼
Youth 记

夜奔,

优希在深夜无人的街头飞奔。

路灯雪亮,映得星星一点光也没有。夜色真惨淡,风像鸽哨一般掠过耳旁,优希一路跑一路流泪,她不知道自己该往哪里去。

终于在一家咖啡馆前停下。咖啡馆生意不错,大有通宵营业的气势。隔着透明的茶色玻璃,可以看到一对对的情侣正在喁喁私语。优希擦擦泪迈进去,找了个角落坐下,非常熟练地对服务生一招手说:"cappuccino(卡布奇诺)!"

说完,她从书包里掏出一个精致的手机,再拨卢潜的手机,还是不通。电话里的女声一遍一遍不知疲倦地说着:"您拨打的电话暂时无法接通,请稍候再拨……"中文说了说英文,英文说了再说中文。优希心烦意乱地把手机往桌上重重地一拍,把端着咖啡上来的服务生吓了好大一跳。

"小姐没事吧?"

"有事!"优希狠狠地说。

"小姐很凶啊!"服务生笑了。

"知道我凶还惹我?"优希撇撇嘴,把腿放到桌上,问道:"有烟吗?"

"没有!"服务生怪怪地笑了,"妹妹有性格啊!咦,怎么我看着眼熟?"

优希白他一眼,不再答话,闷闷地端起那杯cappuccino,看着漂浮在上面的浓浓的白色泡沫,优希的眼泪又要下来。因为她和卢潜的相识,就是从cappuccino开始的。

只是,卢潜现在在哪里!?

已有一个星期没见到他了。

优希快要疯掉!

卢潜是电视台的编导。优希和他的相识是缘于电视台举办的一次模仿秀比赛。那一次优希模仿的是歌手萧亚轩,唱的就是她的那首《Cappuccino》。优希从小学舞蹈,又有相当不错的歌喉,最主要的是她长得也很像萧亚轩,头发长长,特别是那双不大的眼和微厚的嘴唇,化了妆,简直可到以假乱真的地步。亦歌亦舞的优希在那场比赛中出尽风头,无可争议地拿了第一名。

电视台要为获奖的选手录一档节目。录影的那晚刚好老师留堂,喋喋不休地说老半天也没放学的意思。等优希急匆匆地赶到电视台的时候真的已经很晚了。一个男人拿着节目单冲过来,冲着优希很凶地说:"有没有时间观念?你看看几点了!跟伴舞合作过几次?有问题没有!?"

那人就是卢潜,长得挺帅,有相当好听的声音,就是太凶。

优希来不及解释,就被化妆师一把拖过去说:"快快快,你还要做头发,最起码要半小时!"

卢潜盯了她一眼,对化妆师大声说道:"抓紧!"说完就走开了。

其实化好了妆也还是要等。那天一共是四个人录影。一个模仿刘德华的选手无端紧张,NG了不止十次,卢潜的脸色难看极了。轮到优希的时候已经近晚上九点,好在优希没让他失望,比比赛那天发挥得还要出色,一曲下来,一气呵成,可谓酣畅淋漓!

……

自从他走了以后 在我的心中 留着不大不小伤口

在这个入秋街头 所有感受 我还沉溺在回忆漩涡

有人说爱是种烈酒 会让人失去了左右 Oh yeah~~

我却对爱有种不同感受 我深深地觉得 它像手中 Cappuccino

爱情像 Cappuccino 浓浓的眷恋泡沫 诱人的气息 多爱不释手

爱是 Cappuccino 苦苦的美丽滋味 藏在我心头久久

……

卢潜带头鼓掌,眼神里有藏不住的欣赏。

从电视台出来时已经是星光满地。优希一个人慢慢地走着，思忖着该到哪里去吃晚饭，刚才电视台给的快餐她是一口也没咽得下，肚子正饿得咕咕叫呢。

一辆摩托车在她面前停下，竟是卢潜，对着她说："送你？"

"不用了。"优希有点不好意思地说。

"晚了你家人该担心了！怎么没人来接你？"卢潜这两句话说得亲切，和他在演播间里的霸道判若两人。

优希看看他说："我爸妈不在。我和我阿婆住一起。她早睡了，不会担心我。"

"难怪？"卢潜递一个头盔给优希，用半命令的口吻说道："上车！我先带你去吃点东西，然后送你回家！"

"我不饿！"

"盒饭一口没吃能不饿？"

原来他什么都看到了，优希没有再拒绝，跨上了卢潜的车。

夜色很美风很凉，卢潜的车开得并不快，优希趴在他的身后，不知怎么就想起了爸爸的背影，那是离她很久也很远的一个背影了，很多本该很亲切的东西被岁月折腾得荡然无存。尽管，十六岁的优希一直提醒自己并早已学会不再眷念着那些感觉。

可卢潜还是让她有点想流泪。

那晚卢潜带她去的是肯德基,他自作主张帮优希点了辣鸡翅、汉堡和薯条。他自己只要了一杯红茶,坐在优希的对面看她吃。反正也没客气,加上优希本来就饿,索性埋下头放开吃起来,一边吃一边还吮吮手指头。

卢潜笑了,说:"到底还是个孩子!"

优希抬起头来问道:"怎么你觉得我很老?"

"不是老,是成熟!"卢潜说,"像你这样成熟的中学生不多啊。"

"那是你没见识!"优希说,"比比皆是!"

"至少没见过你这么牙尖嘴利的。"卢潜笑呵呵地说,"说真的,你真的很有潜质,有没有想过往歌坛发展?我可以帮你。"

"为什么帮我?你有企图?"优希单刀直入地问。

"看你!"卢潜说,"真不是个好对付的丫头,说得我脸红!"

咽下一大口汉堡,优希很认真地看了看卢潜,然后说:"你撒谎,你根本就没有脸红!"不过这一看,倒是让优希真有些不好意思起来,因为她发现卢潜真的长得很好看,像电视剧里的那些男主角,很容易让人心动。

这就是优希和卢潜的初识。

很久以后优希回想起来，也遗憾这场相识的背景不应是在灯光闪烁的演播厅和人声喧闹的幼稚的肯德基。至少应该在眼前这家幽幽暗暗的咖啡馆才适合，因为她和卢潜的故事，注定了不能在阳光下延伸和继续。

想着这个，优希开始在心里恨卢潜，越恨思念却也越浓，无可救药。一切都像是那首歌所唱到的：

爱情像Cappuccino 浓浓的眷恋泡沫 诱人的气息 多爱不释手

爱是Cappuccino 苦苦的美丽滋味 藏在我心头久久

……

爱情？优希陷在咖啡馆软软的布艺沙发里，想着这个字眼，有种近乎虚脱的累和无助。关于卢潜的一切，优希从来也没有多问，他的家，他的事业甚至他的年龄。优希小心翼翼地逃避着这些，也逃避着"爱情"这个字眼。十六岁？不知有多少人会拥有和自己一样的十六岁？很多时候优希都想拼命地忘了自己只有十六岁，虽然那简直是不可能的事！

卢潜的手机还是不通，优希想起他曾经说过的："我手机不通就别找我了，说明我不方便。方便的时候，我会和你联系的！"

真想摔了手机,虽然那是卢潜送她的十六岁的生日礼物。

优希还记得卢潜是怎样轻轻地附在她耳边说:"丫头,这样我才可以随时找到你!"

卢潜总是叫她丫头,每次一叫,优希的心深处就会微微一颤,很美好的那种颤动,让人不忍舍弃!卢潜把她带进一个世界,那个世界处处是陷阱和诱惑,优希想离开,却又身不由己地停留。她想自己真是变坏了,堕落了,或者说不知羞耻。

那天回到家是凌晨两点。

和往常一样,阿婆早就睡了。桌上没留饭菜,一切都收拾得干干净净。她总是不管优希,优希曾想,自己就是死在外面她也不会在乎的。阿婆在优希面前总是一副糊里糊涂的样子,仿佛对她照顾不周也是糊涂所致。其实优希知道她不知有多精明,打麻将的时候你占她丁点儿便宜试试。

所以很简单,阿婆不爱优希,正如阿婆从来没有接受过优希的母亲一样。她认为优希的母亲太漂亮,是注定要败家的。没想到后来家真的就败了,受不了阿婆终日的唠叨和哭泣,父亲只好带着母亲去南方打拼。那一年优希只有十三岁,从十三岁起,优希就深谙人生的不公平,母亲可以躲得远远的,而优希却必须留下,代母亲受过。

不谈爱情。优希也执意相信并感谢卢潜让她拥有和懂得"爱"。因为她可以趴在卢潜的肩头,一边唱歌一边任意地拨弄他的头发;可以在寒冷的午后缩在卢潜的怀里自由自在地看一本言情小说或背几个英语单词,可以冲着卢潜大喊大叫和大哭大笑。大多数的时候,卢潜看着优希的眼光都是怜爱和纵容的。早熟的优希常常在去会他的半路上想方设法地换上另一套衣服,再淡淡地化上一个妆,她还尽量想让卢潜也忘掉她的年纪,虽然这也同样是不可能的事。

卢潜总是说:"丫头你真小啊,我总是做错事啊!"当他夺走优希的初吻后他就是这么说的,还有一声长长的叹息。

那也是个夜晚,深秋的夜晚,很冷。卢潜带她到一家卡拉OK去唱歌,会一家唱片公司的老板。

老板才听优希唱了两首歌就被一个电话叫走了。临走的时候对优希说:"唱得不错,有机会你一定会红!"

卢潜狠狠地说:"红不了我找你!"

老板打着哈哈走了,包厢里就剩下他们两个,灯光昏暗,红色的果汁在昏暗的灯光下闪着血一样的光,一切好像都注定了要发生,卢潜的脸渐渐逼近的时候,优希只觉得天塌了下来,然后就什么也不知道了。

那晚回到家优希拼命地刷牙,刷得五脏六腑都快要吐出来。那并不是优希想象中的初吻,一点也不美好,甚至有些丑陋。刷牙当然不能解决问题,那以后优希的舌尖就总留着卢潜淡淡的香烟味,吃东西的时候会有,说话的时候会有,静静坐着的时候会有,拼命活动的时候也会有!就像是一个下了魔咒的苹果,优希来不及考虑就将它吃了下去,吃下去,就着了魔,着了魔,就再也由不得自己了。

只是没想到卢潜会失踪。整整七天,没有他一丁点儿消息!

优希去过电视台,得到的只是三个冷冰冰的字——出差了。至于去了哪里要去多久,优希一概不知也没敢多问。打不通卢潜的手机,优希就只好跌入茫茫的等待之中了。

对早已依赖惯了卢潜的优希来说,这样的等待简直和酷刑无异。上课的时候也无精打采,弄得同桌老是去摸她的额头,疑心她在发烧。同桌是个白净的小姑娘,她的手柔软极了,优希感激之余又有些嫉妒她,她有一个多么干净明朗的十六岁啊!

第二天是周六。优希睡到日上三竿才睁开眼。阿婆晃过来,递给她十块钱说:"我要出去打一天牌,你自己买点东西吃。"优希懒洋洋地把钱接过来,脸上不动声色,心里却冷冷地想:"区区十块钱,能做什么?"

优希并不缺钱花，她的银行卡上总是源源不断地有钱汇入。那是母亲表达爱的唯一的方式，当然，这一切是瞒着阿婆的。母亲还是按月给阿婆生活费，给的并不少，只是阿婆并不轻易给优希零花钱，今天可真属特例了。

所以优希装模作样地对她笑了笑。

手机就是在这个时候响起来的。优希几乎是从床上跳起来，以飞快的速度扯过书包，在阿婆满是狐疑的眼光里拿出了电话，慌乱地接。

是卢潜。他在那边问道："丫头在哪里？"

多么熟悉亲切却久违了的声音，要不是阿婆在，优希一定会大哭起来。但是阿婆就站在边上，优希只好平静地说："在家里。"

聪明的卢潜很快就明白了优希的处境，匆匆地说了一句："老地方等你！"说完，就挂断了电话。

"好的。"优希说完也挂了电话。

阿婆看着优希半天，终于忍不住问："你妈给你买的？"

"我自己买的！"优希装作满不在乎地把手机扔回书包里，心里却巴不得阿婆早点走，不要再问东问西的，自己也好早点出门。

"跟你妈一个样，把钱不当钱哦！"阿婆嘟嘟囔囔地走远了，反正花的不是她的钱，她一般不会多说。放任优希对阿婆来说，是报复她那不肖儿子和儿媳的最好的方式。

看着阿婆走远，优希用百米冲刺的速度收拾好自己，就直往卢潜那里奔去。

卢潜所说的"老地方"实际上就是他以前的旧房子。在城郊，不大，两室一厅，但是很温馨。优希常常和他在那里逗留到深夜。不过卢潜并不给她钥匙。优希打车去的，很快就到了，把门铃按得叮咚作响，卢潜门一开，优希就一头冲了进去，把书包往沙发上重重地一扔，然后转过身来，什么也不说，对着卢潜直喘粗气，脸憋得通红。

"想发火？"卢潜倒是很平静，在沙发上坐了下来，点了一根烟，说，"想发火你就发吧，发完了我们再聊？"

卢潜的漫不经心彻底激怒了优希，数天来的等待、猜疑和委屈让优希在瞬间失去了理智。她开始摔东西，摔完了客厅的摔卧室的，摔完了卧室的摔厨房的。卢潜丝毫也不阻拦，反倒像在欣赏一场精彩的表演一般，嘴角甚至有淡淡的微笑。直到优希累得一点劲也没有，跌坐到一片狼藉中，哇哇大哭起来。他才从沙发上起身，走到优希身旁，轻轻地抱起了优希。

房间里的灯白花花地亮着，厚厚的窗帘重重地垂下来，把阳光彻底地拒绝在外。卢潜轻轻地抱着优希，优希感觉自己像游进了大海,海水深蓝深蓝的,一波波的潮来潮去像是永不停息。优希听到自己夹着哭泣的喘息声,她拼命地想抓住点什么,却又无力地放手,任自己就这样载沉载浮下去。

很快就是冬天。

这一年的冬天特别得冷。偶尔下一场雪,薄薄地压在枝头,抬眼一望,让人惊觉冬的冷静和凝然。和冬天一起来的是期末考,优希的功课拉下得太多了,卢潜停止了和优希的见面,让她专心对付功课。

"考不好别来见我啦,"卢潜摸摸她的头发说,"害你耽误学业,我这老脸也搁不住啊!"

优希听从了卢潜的话,勉为其难地复习着。夜里累了就听听萧亚轩,只是没有了唱歌的心情。

妈妈从南方打来电话,语气兴奋地对优希说:"你爸爸今年生意不错,我们已替你申请了这边的贵族学校,很快我们一家就可以团圆了!"

"我不要去!"优希一边啃着苹果一边看着政治书一边回答妈妈。

"你这孩子,我不在电话里和你瞎说了!好好考试啊,春节我回来接你!"妈妈说完就嗒的一声挂了电话。她一定很忙,她一点儿也不了解优希,优希没有瞎说,她是不会离开这个城市的,死也不会走!

优希看了看话筒,也挂了。心里想,母亲真是一个失败的母亲。要是有一天自己有了一个小女儿,一定会天天陪着她,和她一起唱歌,一起做游戏一起长大,了解她就如同了解自己,绝不会在她最青春和最需要爱的时候把她扔给一个古里古怪的老太婆。

不知道是不是每个十六岁的少女都会想这些,优希把手中的苹果核用力地往窗外一扔,听到"咚"的惬意的一声响。优希舔了舔手指,跑到穿衣镜前细细地审视自己。她很满意自己的模样,用卢潜的话来说,一看就不是一个普通的女孩。优希挺挺胸脯,指着镜子对自己说:"优希,你是个坏女孩!"然后又说:"优希,你在想卢潜哦!"

说完优希把政治书往脸上一盖,哈哈笑了。

是啊,想卢潜!卢潜在干什么呢?吃饭?睡觉?抽烟还是拍片?但愿这该死的期末考试快一点过去,可以早一点见到他。

母亲回来得很突然。

那是优希考完试的那天。放学了,优希正躲教学楼的角落里给卢潜打电话。

"考完了!你请我吃饭好吗?"

"不是答应我不再到外面吃饭?"卢潜说,"你选个礼物吧,我买了送给你!"

"我什么也不要!"优希不快地说,"你真扫兴!"

"乖!"卢潜哄她说,"我买好你爱吃的肯德基等你。"

"还要两杯cappuccino!不然我不依!"优希撒娇说。

"好好好!你的要求能不满足?"卢潜说。

优希得意地笑了,就在这时她看到了妈妈,从操场的那一头朝着教学楼这边匆匆地走来。优希疑心自己看错了,仔细一看,真的是妈妈。一阵说不清的情愫从心底哗的一下升了上来。优希都忘了和卢潜说再见就挂断了电话。

优希妈妈也一眼看到了优希,她快步地迎上来,朝着优希直挥手。优希脸上什么表情也没有,就这样看着妈妈,一个差不多有两年不见的熟悉但陌生的女人。她好像一点也没老,反而显得更加年轻和漂亮了。她在优希面前站定,好像很想伸手拥抱优希,也许又想到是在学校,有些不妥,最终没有,只是盯着她问:"你有了手机?"

"不可以吗?"优希说。

"为什么没听你说起过?"

"别一回来就板着一张脸!"优希把手机放进书包里,把书包往背上一背说,"有什么事回家再说。"

"不回家了！"优希妈妈说，"我在酒店订了房间，晚上我们在外面吃，让妈妈好好看看你！"

"哟！财大气粗了啊！看来你们在外面混得不错啊！"优希故意尖着嗓子说，"你是不想看阿婆的脸色才不回家的吧？"

"怎么跟妈妈说话呢！"妈妈有些生气地瞪着她。

"我一向这么说话！你太不了解你女儿了！"优希大步地走在前面，"我晚上还有事呢，你自己忙自己的吧！"

"小希！"妈妈从后面追上来说，"你别这样好不好？我这次是特意回来接你的！"

"我哪里也不去！"优希说完就开始跑，她知道一向仪态万方的母亲是绝对不会跟着她跑的。就算要跑，她也绝对跑不过自己。于是优希头也不回地拼命地跑啊跑，很快就跑出了学校，跑到了大街上，拦了一辆出租车扬长而去。不知道母亲在身后会是什么样子，一定是气得脸都发紫，这种想象让优希觉得非常快意，她甚至在出租车上轻轻地笑了起来。

到了卢潜那里，优希仍然在笑。

卢潜问道："丫头，什么事这么高兴？"

"我妈回来了！"优希说。

"哦,那是该高兴,你快去陪她啊!还来我这里做什么!"

"我把她甩了!"优希咯咯地笑着说,"我甩掉了她,她一定气得不轻!"

"你呀!"卢潜责备她说,"不可以这么任性!"

"他们何曾管过我死活!"优希不满地说。

"瞎说!"卢潜打她的头一下,"做父母的哪里有容易的!"

"你也不容易吗?"优希脱口而出。

这是优希第一次和卢潜谈到他的个人生活。卢潜的脸色显得有些不自然,好半天才说:"是啊,是不容易!"说完,他拿起优希的书包塞到她怀里说:"走吧,去会会你妈妈,母女有什么事谈不开的,她大老远回来还不是为了你?你别让她伤心了!"

优希撇撇嘴:"我好不容易才见你一次,你真的要赶我走?"

"是的!"卢潜说,"赶你走!"

"真的?"优希扬起头问。

"真的!"卢潜看着她的眼睛回答,语气不容商量。

优希抿了抿嘴唇,和卢潜对视了几秒钟,然后她背上书包,走了出去。她用力地带门,听见门在身后很响地关了起来。

如优希所预料的,卢潜没有追出来。

冬天的暮色降得迅速。天很快就黑得遥远起来。优希独步在黑暗的大街上,又不知该往哪里去。夜真冷啊,优希想了想,又撒开腿飞奔起来,风声再次掠过耳畔的时候,优希觉得自己就像是一只欲飞的鸟,只有奔跑才能找到飞的感觉,自由自在地飞,自由自在地流泪,自由自在地活在夜里。

这要命的冬之夜晚!

等优希停下来的时候,她惊异地发现竟又是在那家咖啡馆的门前。她想起卢潜为她买的那杯cappuccino,一定早已冷却,寂寞地躺在茶几上或是早已被不吃甜食的卢潜扔进了垃圾箱。优希开始为自己的任性后悔了,如果不走,她有多少的话要对卢潜说啊,那些深藏于心的只属于青春的寂寞的忧伤,一直以来都只有卢潜明白不是?怎么可以跟他任性呢!

想到这里,优希开始拼命地拨卢潜的手机。不通!优希知道,他是在刻意地躲避自己。如果是刻意的,她就别想找到他!她闷闷地坐进咖啡屋,服务生很快就迎上前来说:

"cappuccino?"

"记性还真是不错啊!"优希坐下,懒懒地说。

"那天你一走我就想起来了,你叫优希,对不对?模仿萧亚轩的那个,第一名!"

优希惊讶地看着服务生,她真的不知道自己这么有名。

"电视台放过好几次了,你唱歌真的很不错,比萧亚轩还好!"

"是吗?"优希勉强地牵了牵嘴唇,终于明白卢潜为什么不肯再带她到公共场合露面。优希忽然觉得有些滑稽,并第一次切肤地体会到隔开她和卢潜的那些世俗却真实的东西。她什么也没要就飞快地走出了咖啡屋,留下一脸疑惑的服务生呆呆地站在那里。

还没到家就看到妈妈远远地立在楼下等。她穿着质地很好的大衣,手放在兜里,领子竖起来,像个雕塑。不知道已经等了多久,见了优希,也没迎上来,只是忧郁地看着她。

优希有点看不得那种眼光,心软了,声音却硬硬地说:"别担心啊,我这不是回来了吗?"

"说得轻巧!我能不担心?"

"外面冷,"优希说,"要骂回家再骂好了!"

"你阿婆把门反锁了!"妈妈耸耸肩说,"进不去!"

"她怎么可以这样!"优希提高了嗓门。

"为你的事我们刚吵完架,这不,她把我赶了出来。"

优希听完,咚咚咚地就往楼上跑去,钥匙打不开门,门果然是被反锁了。"阿婆!阿婆!阿婆你开门!"优希一面喊一面拼命地按着门铃，可是里面一点动静也没有。

压抑了一个晚上的优希被拒之门外的感觉折腾得来了火，她一眼看见了门边上的铁皮垃圾桶，于是一把抓起它来，朝着防盗门上抡了过去，接下来就是一阵阵砰砰的巨响，在深夜的楼道里骇人地回荡。

妈妈冲上来，一把抱住优希说："别敲了，别敲了啊！"

"我就敲！"优希挣脱妈妈说，"是我的家，凭什么不让我进！我就不信她不开门，你们不要脸我还要脸呢！"

"妈妈求求你还不行吗？妈妈求求你！"优希妈妈抱住优希不放，眼泪流到优希的脖子里。那眼泪冰凉冰凉的，把优希凉得浑身一颤，不由自主地松了手。

那晚，优希和妈妈睡在宾馆里。

妈妈陪优希吃了晚饭，还给她买了一套精致的睡衣。母女俩一直都很沉默，直到洗漱好躺到床上的时候，妈妈才问道："听说你参加电视台的比赛，拿了第一？"

"嗯。"优希漫不经心地答道。

"你这孩子，这样的喜事也不跟妈妈说一声！"

优希支着下巴颏儿坐在床上，被子拉得高高的，不答话。

她突然想起小时候学舞蹈和音乐，从五岁开始，妈妈每次总是把她送到少年宫的门口，刮风下雨也从不间断。优希每拿一个奖,妈妈都会喜滋滋地乐上半天。和天下所有的妈妈一样,她也曾一直希望女儿能成为她的骄傲。但是那些日子早已过去,像闹钟一样一按就停了。在优希很骄傲的时候,她却不在她的身边。

这能怪谁呢?

妈妈叹口气说:"小希,我知道你怪我和你爸爸,但是你要知道,前两年我们真的是没法子。爸爸妈妈真的是对不起你,不过我们一定会尽量补偿你的。跟妈妈走,好不好?"

补偿?优希在心里哼了一声,那些没有亲情的空空洞洞的十四、十五、十六岁,是永远也无法再被填满了。如果,如果不是遇到卢潜,优希想不出自己现在会是什么样子,是更好呢还是会更坏呢?

"小希,你要相信爸爸妈妈没有一天不在想你。"妈妈说。幽幽的台灯下看不清妈妈的脸,但她的语气让优希心动。优希不忍再拂她的意,说道:"你再让我考虑几天,怎么也要让我拿到成绩单啊!"

"好吧。"也许知道再逼女儿也没什么用,妈妈多少有点无奈地说。

第二天黄昏,事先没打卢潜的电话,优希径自去了电视台。

卢潜在办公室,他显得很疲惫,头发也有些许的乱。见了优希,显然是有点吃惊,但毕竟是老江湖,很快就不露声色地镇定下来,直招呼优希坐。

"卢导,"优希说,"我想来问问唱片公司那边有没有回音!"

卢潜说:"哦,上次你去录音棚试过音后他们都觉得很不错。可就是觉得你年龄小了些,声音还不算太稳定,要是等到十八岁后再出道,可能会更有把握一些!"

"那样啊!"优希看着卢潜,试探性地说,"我妈妈要带我去南方念书了。"

"是吗?"卢潜很高兴地说,"南方好啊,机会也更多!你放心,是金子总会发光的!再说,我认为你现在还是应以学业为主才对啊!"

卢潜的话听起来真是公式化,冠冕堂皇地要紧。不管是真是假,优希对他的高兴非常不满,于是近乎有点恶作剧地压低了声音问道:"你舍不舍得我走?"

卢潜勉强地笑了笑,说:"对了,我们台里春节要录一档晚会,我正想找你谈谈,想请你唱首歌。我也该下班了,这样,请你到下面喝杯咖啡吧,我们边喝边谈?"

优希点了点头,起身的时候,优希无意中看到了卢潜办公桌上玻璃板下一张少女的大照片,那是一张似曾相识的面孔,和优希差不多的年纪,只是优希没来得及去细想究竟是谁。

那是离电视台不远的一家咖啡屋,中午时分,人不多。人刚一坐下,卢潜就面露愠色地说:"你怎么能到台里去找我?胆子真是越来越大!"

优希说:"不是急着让你给我拿主意吗!"

"你不是一直想和父母在一起?"卢潜说,"这还有什么好犹豫的!"

"你真的舍得我走?"优希低声问道,眼泪在眼眶里直打转。

卢潜神色不安地说:"丫头,对不起啊,我不能给你未来,总有一天,你会恨我的!"

优希从来没有见过卢潜那样的表情,在她的心中,卢潜一直是镇定成熟自信的,没有什么事可以难得倒他。

这样灰败的卢潜让优希失望。他所说的"未来"像一个茫茫的宇宙黑洞,让优希不敢去想也无法去想。

只是?真的能不要未来吗?

优希不能回答自己。

"自己做决定吧。"卢潜说,"我会尊重你的决定!"

优希不记得那天是如何和卢潜说再见的。心乱如麻,又是黑沉沉的夜。夜色像纱巾一样在眼前飘浮,拨不开也让不开,优希又想跑，因为只有奔跑让她觉得释放。

路人都惊讶地看着一个在夜里狂奔的少女，他们都很想知道她怎么了，但没有人伸出手去拉她一把，没有人愿意拽住她问个究竟。

优希的决定是在放假的最后一天做出的。

这是一个很突然的决定，优希也没想到它会来得那么快。

那天一开始是各班放假前的例会。会开完后，广播响了，说是校长要在广播里宣布一个处分决定，校长的声音严肃极了："经查实，我校高二（六）班卢萌同学最近以来，参与了赌博、吸毒等一些社会不良活动，部分行为已涉嫌触犯我国法律，在同学中造成了极为恶劣的影响。为严肃校纪，教育本人，经学校研究，勒令卢萌同学退学。希望广大同学引以为戒，认真从这起事件中吸取教训，严格要求自己，认真学习，不辜负家长与学校的期望，不辜负自己美好的青春年华。"

校长一宣布完，全班哗然一片。有消息灵通人士马上汇报起卢萌的情况来。

"卢萌其实很有才的，初中时就主持过校艺术节了！"

"听说她爸爸是电视台的导演！"

"好像爸爸妈妈离婚了，她跟她爸爸，不过好像她爸爸忙，很少管她！"

……

同桌也凑过来对优希说："真可惜，好好的一个女孩，怎么会吸毒？"

优希的脑子里哄一声巨响。她迅速地想起了卢潜办公桌下的那张照片，卢萌！是的，难怪自己会觉得眼熟！她怎么也没想到，卢潜会有那么大一个女儿，而且居然就和自己在同一所学校！

一阵恶心控制不住地从心底泛起，优希哇的一下就吐了出来！

同桌慌乱地来拍她的背："怎么了，怎么了，你不要紧吧！"

一大帮同学也围了上来，老师说："可能是受凉了，赶快送医务室！"

优希躺在医务室的硬硬的病床上一语不发，窗外是灰蒙蒙的冬天的天空。她真的觉得自己快要死了。她拼命地想象卢萌的样子，她依稀还记得卢萌主持艺术节时的声音，很好听很甜美，就和她的人一模一样。然而就是这样的一个女孩，赌博，吸毒，被开除，走上不归的歧途。如果她有一个好的母亲，好的父亲，她的故事一定会是另外的一个结局。可是，很多时候，当她需要父亲的时候，她的父亲却在优希的身旁。

内疚和不安像虫子一样啃咬着优希的心。

医生说:"同学你的脸色很难看,我看你要到大医院好好检查一下啊!"

"好的。"优希从病床上爬起来说,"我这就去!"

离开了学校,优希并没有去医院,也没有打电话给妈妈。她去了电视台,买了一个很大的牛皮信封,把卢潜送她的手机放在里面,托门卫将它转交给卢潜。

优希甚至没有留下一个字。

不过,优希并没有跟妈妈走,她决定留下。

曾有的一切,荒唐也罢,好笑也罢,都已成为过去。青春的残局,只有靠自己收拾。

妈妈离开时坐的是晨上五点半的火车,优希送她到车站,在站台抱了抱她,流了泪,然后对妈妈说:"我保证考上你们那里的大学!到那时,我们一家就会在一起了。"

火车呼啸而去。

优希朝妈妈挥手,抬眼一看,东方已隐约出现了鱼肚白。轰隆隆的铁轨声中,优希想念一个叫卢萌的女生,希望她和自己一样,可以有全新的心情去迎接每一个朝阳再起的明天。

祝福卢萌,还有自己。

特别的女孩并不难,难的是做一个**诚实而善良**的好女孩

The
　双
Secret
　鱼
Of
Youth
　记

我是不是有点特别,

楼下的小张人上学了，背着崭新的"西瓜太郎"的书包，坐在他爸爸的自行车后面，唱着歌回家。

张人喜欢唱的歌有点难登大雅之堂，比如"我的爱，赤裸裸。我的爱，赤裸裸"，再比如"千年等一回，等一回啊啊"。

张人他爸爸被他唱得不好意思，就一路打着他的屁股上楼。

我要是放学晚了，听不到张人唱歌，就必然会看到他在楼下玩泥巴，簇新的运动服上东一块西一块的脏。

张人的妈妈是我喜欢的人，我叫她苏阿姨。苏阿姨在日报做编辑，人长得很舒服，说起话来温温柔柔的，做起事来却毫不含糊。

日报上关于我们学校大大小小的事，都是她来采访和报道的。我有时在楼道里碰到她，她就会亲亲热热地扶着我的肩和我一块走，长长的裙摆在我硬邦邦的牛仔裤上拂来拂去。我甚至可以闻到从她身上传过来的淡淡的芳香，像三月清晨的空气里一种植物的气味，仔细地嗅总是嗅不到，不经意中却又悄悄地钻进你的鼻孔，让你说不出的喜欢。每当那时我就竭力装出矜持的样子，走路也尽量合着她的节拍，不急不缓，害怕泄露出我大大咧咧叽叽喳喳的本色来。

我的大大咧咧和叽叽喳喳是我妈妈的一块心病。她总认为我成绩不太好主要就是这个原因。脑子里刚记一点东西，哗哗啦啦就全从嘴里蹦出来了。

我的妈妈是不知道，要是我哪天在她面前不讲话了会更让她担忧。

比如我们班的秋丽，她回到家里三天没有说一句话，吓得她爸爸连连跑到医院里去咨询他女儿是不是得了青春期忧郁症。其实秋丽跟我们在一起话可多了，说上几个钟头也可以不歇一歇不喝一滴水。秋丽跟我说过知心话，她说她觉得父母没劲透了，一和他们说话就犯恶心，所以才闭口不言的。

我觉得秋丽这样说是有些过分的，做父母也不是件容易的事。

秋丽对着我发牢骚的时候，我就老气横秋地说："你要学会和他们沟通沟通，天下的父母哪有不爱自己孩子的。"

秋丽眯着眼睛说："齐盈你不懂，他们自私自利，他们想我好还不都是为了面子。"

爱面子倒真是大人们的通病。

比如我考试总上不了九十分，可要是有客人来我家问起，我妈保准说是八九十分，末了还假谦虚地加一句太差太差没出息什么的。

还有，我在班上明明只是个小小的生活委员，要知道我可从来没为这个"官衔"得意过。可我爸爸还就喜欢在他同事面前吹嘘:"我那个女儿啊,爱唱爱跳爱说,在学校又是个干部,哪能放多少心思在学习上,考高中能考上个二类重点我就心满意足了。"

不过,即便如此将心比心,我还是不能理解秋丽,总不能为这些小事就不和父母讲话吧,我顶多昧着良心在心里想一想:要是苏阿姨是我妈妈该有多好!

我也不知是从哪一天开始喜欢上苏阿姨的,就是对她有一种淡淡的迷恋。喜欢看她走路的样子,更喜欢她骑车时休闲味极浓的背影。

这种迷恋和对偶像的崇拜是截然不同的。

我的偶像是以前在北京国安队现在去了前卫寰岛队的足球运动员高峰。我迷高峰可以为了他大喊大叫,可以让全世界的人都知道。

但我对苏阿姨的喜欢,却没有对任何人讲起过。我希望长大后能做一个和她一样的特特别别的女人,这种理想总归有点羞于启齿。

当然,也不是说成为像我妈妈那样的女人不好,我妈妈从不偷看我的日记,不当着我的朋友骂我,也不太干涉我迷足球,但就是太普通,走在大街上也绝不会有人注意到她。

所以我希望我的妈妈会采访，会写新闻，会穿带香味的飘逸长裙，会说唱歌一样的普通话。

受苏阿姨的影响，我就不会是这样一个没有名气的土里吧唧的女生。不过这些都是我心里秘密的愿望，我那处在更年期的妈妈有点小气，有一次我爸爸只说她现在比以前稍胖了一点，她都大哭了一场，我可不敢造次。一有机会我总是趴在她耳边甜甜地说"妈妈我真喜欢你真喜欢你"，其一是拍马屁，希望她能网开一面让我看看甲Ａ比赛什么的，其二则是弥补内心深处对她的不满的愧疚。真是装模作样到了极点，有时想想，自己简直就跟忻晓差不多。

忻晓是我们班班长，是我所见过的全世界最装模作样的人。当着老师一套背着老师一套，还动不动就打谁的小报告，全班同学都或多或少有点恨她，她却偏偏是老师的宠儿。我骨子里很瞧不起忻晓，成绩好又怎么样，都成大伙儿的公敌了，还神气活现的干什么呢！

不过忻晓也不是没有跟屁虫的，刚来的插班生郭晶晶就是，一天到晚小心翼翼地跟在忻晓身后，忻晓根本就不知道忻晓跟她好不过是因为找不到别的朋友，还有就是把她当作绿叶来使用。没有绿叶，鲜花又怎么会好看呢。忻晓还不知背着她说过多少次："郭晶晶，土里土气，像个农民！"

也就是这个忻晓,让我尝够了倒霉的滋味。

事情得从一次清洁卫生说起。

由于我是班上的生活委员,所以每天做完清洁后都是由我负责检查验收,关好门窗后最后一个离开。

那天轮到忻晓所在的小组做清洁。大家都在热火朝天地干着,只有忻晓,站在座位前不知在收拾什么东西,几张破卷子拿在手里叠来叠去。

忻晓不爱做清洁是出了名的,每次总是有各种各样的理由逃掉,有时没办法了,还让郭晶晶替她做。她们组的人都是敢怒而不敢言。

那一天我实在是看不下去了,我就说:"忻晓,做完清洁再收拾书包还来得及。"忻晓回过头来看我一眼,指着办公桌上的一大堆作文本微笑着慢吞吞地说:"我的生活委员大人,这是今天下午的作文,吴老师叫我收齐了一定要送去,她晚上要抽空看的。有什么事,留着我回来做吧。"说完,她抱着本子扬长而去。

忻晓这一去自然是老半天没有踪影,男生赵家扬倒完垃圾后回来劝我:"算了,齐盈,人家是这班上的贵族,我们啊,惹不起躲得起!"

可我那天就是气顺不下来,大家都走了以后,我照例检查门窗有没有关好。不经意中我一眼瞄到了忻晓放在桌肚里的书包。忽然之间，我计上心来，迅速地关好门，逃一样地飞奔出了学校。

对！让忻晓拿不到书包，让她做不成作业，让她也尝尝被老师骂的滋味！

走到大街上，我喘喘气，发现街两边的梧桐树已经开花了，我拍着粗大的树干一路往前小跑，我甚至能听到树汁在树干里欢快流动的声音，我对自己说：你没有错，你这么做叫惩恶扬善。

第二天早上我去得很早，开了教室门，发现忻晓的书包果然还在，红色的书包带气急败坏地从桌肚里耷拉下来。我心中窃喜，昨天数学老师发下的试卷练习今天是一定要交的，她忻晓平时催没交作业的同学倒是神气惯了，我倒看看她今天怎么办！

正想着呢，忻晓急匆匆地跑进来，进门就冲到她位子上，把书包拿出来往桌上用劲地一摔，对着我吼道："齐盈，你昨天干的好事，明明知道我还没走，为什么要把教室门关上！"

"是吗？"我不紧不慢地说，"我怎么会知道？我还以为你早走了呢。"

忻晓没再说什么，只是"哼"了两声，就坐下赶起作业来。

我笑笑，才不怕她告状去呢！

不出所料，两节课后，班主任吴老师就把我叫进了她的办公室。

她问我："昨天是你锁的门？"

我说："是的。"

"你看见忻晓的书包了吗？"

"没有。"我说："看见了我就不会锁了。她说给你送作文本去，一去就是好半天，我以为她早回家了。"

吴老师迟疑了一下，又问："今天早上也是你最先开的门？"

我被问糊涂了，说："每天不都是这样的吗？"

"开门关门时有没有人跟你在一起？"

"没有。"我摇摇头。

吴老师皱了皱眉说："齐盈，不是老师不相信你，可是，忻晓说，她放在文具盒里的五十元钱不见了，所以，我必须找你来问一问。我已经打电话问过忻晓的妈妈了，说昨天的确是给了五十元钱，是让她到新华书店买参考书的。据忻晓说，那钱下午上作文课时她还看见的。"

吴老师话音一落，我脑子里就轰轰地乱响起来，天地良心，我可是碰都没碰过忻晓的书包呀！可是，叫我怎么能说得清楚呢!

"我,我,这事跟我可没什么关系。"我涨红了脸解释说,"忻晓她一定记错了。"

吴老师把手放到我肩上,来来回回地抚摸着,用一种我听起来很不真诚又很害怕的语调说:"老师说了,我相信我的每一个学生,有时做错一件事不要紧,及时挽回就行了,老师会保密的。"

"可是……"我的眼泪一下就下来了,我只好拼命地摇头说,"不是我,吴老师,真的不是我……"

这时,上课铃尖锐地响起来。

吴老师叹口气说:"你再回去想想吧。"接着又试探地问道:"郭晶晶说她昨天在校门口等忻晓出来,看见你跑得飞快地出了校门,有什么要紧事吗?"

我的眼泪一下子就没有了,一句话也说不出来,第一次体会到了"绝望"这个词的含义。我低下头,飞奔出了办公室,操场上的冬青像一双双无助的手在风里招摇。我跑到教室里,数学老师已经在讲台上讲例题了,他好像很不高兴我的迟到,做了个很不耐烦的手势让我进教室。我想他也一定知道了些什么,一个很不光彩的词将从此罩在我的头上——"小偷!"。我一步一步艰难地挨到座位上,终于压抑不住号啕大哭起来。

事情很快就在班上传开了。由于一直找不到证据，倒也没把我怎么样。但是我恨死了忻晓，都是因为她，我才会落到今天这个地步。就算不是"小偷"，至少也算是一个"重大嫌疑犯"，虽然也有不少同学劝我不要把这件事放在心上，忻晓嘛，谁不知道她是什么人，也许她的钱早就掉了也不一定。但是在他们和我说话的时候，我却能够看出他们眼底努力要藏起来的怀疑。

也就是从那天起，我毫无选择地变成了一个寡言少语的女生，一想起忻晓的五十元钱还没找到我的心就一阵阵的发凉。我在饭桌上不再喋喋不休也终于引起了爸妈的怀疑。

妈问我："齐盈，你最近是不是遇到什么事了？"

"没有，没有！"我赶紧摇头，我可不想把这事告诉他们，没准，他们也不会相信我。

妈妈停下筷子来，看了我半天后说道："我说齐盈，你该不是动了什么歪心思吧，这马上就初三了，思想可不能开岔哦。"

"你都说什么啊！"我把碗"啪"的一摔，回自己房间去了。我听见爸爸对妈妈说："这半大的孩子花样最多，看来我们也不能够对她太放松。要好好管管。"

我傻傻地躺在床上，盯着天花板，满是灰尘的吊灯像忻晓没心没肺的眼睛。我在心里设计着无数个让忻晓倒霉的计划又一个个地把它们推翻。最后我终于想通了,就是忻晓倒霉了那又怎么样呢,我身上的这层阴影是永远也除不掉了。难道我要背着这个罪名直到我初中毕业,甚至高中毕业吗?谁会相信我呢?

第二天早上上学,又碰到了苏阿姨。她一看见我就说:"齐盈怎么了,有心事?"

"没有。"我低着头说。

"是啊。"苏阿姨笑着说,"齐盈成大姑娘了,有秘密了,是不是?"

她一边说一边手又放在我的肩上来,我又闻到了从她身上传来的香味,那可真是一种亲切的味道,我压抑不住地想对她诉说我心里的委屈。

我不明白,为什么妈妈就不能带给我这种掏心掏肺的亲切感,为什么总是把一切往"歪心思"上想。只可惜楼梯太短了,早上上班的时间又那么紧,我什么都没来得及说,苏阿姨已经走到了她的自行车前。我只有对着她牵强地笑了笑。

苏阿姨骑着车远去了,她的背影看上去还是那么令我心仪。

以前我总是很敢设想自己的未来,想我到了三十几岁也可以像苏阿姨一样的风情万种事业有成。但是现在,我很害怕,长大是一件很冒风险的事,一不小心就有个小沟小坎在前面等着你,让你狠狠地摔一跤,从此不好意思抬起头来看人。

难道这一切是勇敢和自信就可以解决的吗?我很怀疑。

走到校门口就碰到了郭晶晶,肯定是在等忻晓。她见了我,一副躲躲闪闪的样子。"喂!"我朝她喊过去,"小跟班又在这里苦等呢,是吧?"

郭晶晶瞪了我一小会儿,不敢说话,提着书包跑远了。

说实话,我心里瞧不起郭晶晶,人都是有自尊心的,可她好像偏偏就没有,整天奴颜媚骨的,也不知道为了什么。虽然我欺负了她,可是我一点也不快乐。

初二就这样在闷闷不乐中结束了,暑假到来了。

在那次考试中,我考得一塌糊涂。最喜欢的夏天对我也就成了一张贴在窗口的火辣辣的明信片,涂满了我内心的不安和爸爸妈妈的焦虑。

整个暑假,我几乎都待在家里,强迫自己整天对着书本。我曾经想过,要是有一天我的成绩超过了忻晓,或许,这个世界对我就会变一种颜色。但这简直是一件可望而不可即的事,忻晓次次是全年级第一,我和她之间,隔着七八十个想拼命考进重点的同学,隔着那么多不懂的习题和怎么也背不住的英语单词,仅仅一年的时间,是无论如何也不够的啊。

可万万没想到的是,新学期刚一开学,忻晓却对我热乎了起来。首先是在一次上学的路上,忻晓从我后面追上来,气喘吁吁地告诉我:"齐盈你知道吗?今晚有场球赛,七点半,高峰会上场!"

这对我来说根本就不是什么新闻,我奇怪的是忻晓干吗会和我说话,以前在路上碰到我,她都是昂着头走过去的呀。还有足球,我敢保证,忻晓压根就不懂,她所知道的,不过都是些软绵绵的歌星而已。可是忻晓一边说一边还将手伸过来挽住我,好像我和她亲密无间。

我没好气地推开她说:"和小偷说话你难道不怕有失身份!"

忻晓讪讪地松开我说:"其实上次的事是我错怪了你,直到暑假我才知道这事究竟是谁干的,我很后悔,希望你不要计较。"

"是吗?"我说,"既然是这样,我要你在老师和同学前为我澄清这事。"

忻晓面露难色地说:"只是这个真正的小偷,我想给她留点面子。"

"你真的知道这事是谁做的?"我问。

忻晓点点头，趴到我肩上来神秘兮兮地吐出了三个字："郭晶晶。"

"真的？"这倒真让我惊讶。

忻晓叹口气说："暑假里，她向我吐出了真相，还把钱还给了我。我也不怪她，她这么做，完全是一时糊涂。你也知道了，她是个插班生，能到我们这里来借读不容易，家里条件又不好，万一有个闪失，她一辈子就完了，虽然你为她受了不少委屈，但是我相信，你也会原谅她、帮助她的，对不对？"

我简直没想到，在我眼里一向自私自利的忻晓会说出这样的话，那一瞬间，我真的被感动了，几乎是不假思索地脱口而出："反正这事已经过去了，你放心，我不会为难她的。"

忻晓高兴地握住我的手说："齐盈，我真是没有看错人，其实你知道吗？我一直觉得，你是一个很特别的女孩子，真的，在这个班上，我最欣赏的也是你，敢作敢为，热情大方，不像他们那样小气，所以我才决定一定要告诉你真相。但是为了郭晶晶，请你千万不要把真相说出去。我们会感激你的。从今以后，不管你怎么想，我都会把你当作一个值得信赖的好朋友。"

我压根没想过要做忻晓真正的好朋友，我可不想成为大家不喜欢的人，也不想别人把我误会成郭晶晶一样没出息的人。我所在意的，是忻晓说我是一个很特别的女孩，每当和忻晓在一起的时候，借了她的眼光来看我自己，我就有一种前所未有的满足感。

要知道，从小到大，我就不是一个引人注目的女孩子，长相一般，成绩一般，家境一般，实在没有什么可以炫耀的东西。但是我内心深处，却总觉得自己和别人是有点什么不一样的，或许这就是忻晓所说的"特别"。尽管这种"特别"是一个我不喜欢的人看出来的，但是它依然让我情不自禁、满心欢喜。

但在不知不觉当中，忻晓和我之间的交往还是多了起来，起初都是她主动地来接近我，一下课就挨到我的座位边来和我聊天。

忻晓跟人说话的时候喜欢用眼睛认真地看着你，不管你感不感兴趣的话题，都让你不好意思对她敷衍了事。

后来，她开始告诉我一些她的学习经验，或者借给我一些她不知从何处搞来的复习资料。你别说，还真有用，我上次的英语居然考了91分，这其中不能不说没有忻晓的功劳。

怀着一种比较自私的心理，我对忻晓也渐渐热情了起来。

有一次秋丽问我："齐盈，你用了什么法术，让我们忻大班长也突然间对你鞍前马后起来?"

我笑笑没说什么,心里却是莫大的满足。至少在别人的眼睛里,是忻晓想要和我做朋友。

像秋丽这么笨的人并不多,这个班上大多数的同学用脚趾头想也应该想得到,忻晓这么做当然是因为上次那件事对不起我,这样一来,我的"冤案"不也就等于澄清了嘛。

只是郭晶晶,看看我的眼神总是躲躲藏藏的,让我有些于心不忍。

从忻晓的嘴里,我已经知道了不少关于她的故事。她老家在农村,家里很穷,为了念书,借住在她叔叔家,其实也就是她叔叔家的小保姆,每天回家还要做不少的家务事,到晚上十点左右才能看书做作业,真是个可怜的女孩。要不是忻晓叮嘱我不要把知道真相的事表露出来,要给她留一点面子,我真想告诉她我不在乎,就是把这个黑锅替她背到底我也不在乎。

也就是在那段时间里我开始发现,原来我真的一直是一个很善良的女孩子,也许这就是忻晓所说的"特别"所在。而且,被自己的善良所打动,也真的是一件很开心的事。

我开始愿意真诚地去帮助别人,也开始努力地想去成为一个品学兼优的好学生。

说到底，我还真有些感谢忻晓，要不是她，也许至今我还是一个为了一些小挫折躲在心房里自怨自艾不思进取的女孩呢。

转眼又是冬天。

我们这座城市里的冬天开始变得越来越温暖，树骄傲地绿着，高中部的女生们穿着长长的裙子在校园里穿梭，冬天的黄昏也因此增添了不少春的诗意。

一个星期天的下午，忻晓敲开了我家的门，手里捧着一大叠复习资料，说是专门送给我的。

忻晓坐在我的小屋里，也是那种很认真的表情，她说："齐盈，好朋友是一种感觉，你相信吗？我和你之间就有那种感觉，你可一定要考上重点哦，这样我们就可以继续在一起，说不定还能分在一个班，说不定还是同桌呢，你说对不对？"

我指着那一堆资料说："你把它们给我了，那你怎么办？"

忻晓笑眯眯地说："我告诉你，你可不要告诉别人，我保送，不用再考了。"

"真的？"

"当然是真的。"忻晓说，"我以后有时间，还可以帮你补补功课，你不觉得我讲课还可以吗？"

"忻晓，"我有些不好意思地说，"你干吗要对我这么好？

要知道我以前一直很不喜欢你。"

"我也有不对的地方。"忻晓很诚恳地说,"都过去了,我只希望这个班的同学都不要恨我,都能理解我,其实要做好一个班长真的很难。对了,齐盈,听说日报的苏南老师就住在你们楼上?"

"是的。"

"是这样的。"忻晓从衣服口袋里掏出一大叠纸说,"这都是我课余写的一些小文章,我想请她提点意见,你可不可以带我到她家里去一下。"

"当然可以。"我说,"苏阿姨跟我可熟了。"虽然这话有些吹牛的成分在里面,但也的确是我心里很长久的一个愿望啊。

苏阿姨很热情地接待了我们。

当她和忻晓谈话的时候,我站起身来到隔壁房间看小张人和他爸爸一起玩电脑游戏。小张人的手指在电脑上熟练地跳来跳去,我真是由衷羡慕他能成长在这样的一个家庭。

我听见忻晓在那边用有些做作的普通话说:"现在的中学生写的文章都太空泛了一些,为赋新词的东西太多,没有真情实感……"我又实在有些羡慕忻晓,不管怎么说,她有她的理想和追求,我却好像什么也没有。

从苏阿姨家出来后，忻晓显得很兴奋，她告诉我苏阿姨会把她的文章转交给日报副刊部负责《校园青草地》的责任编辑。

"等我的文章发表了，我请客。"忻晓财大气粗地说，"去一枝春美食城。"

《校园青草地》是每个星期三刊出，第一个星期三我和忻晓特意去买了报纸来看，没有，倒是有三班吴昊的一篇《初三的心情》。第二个星期，还是没有忻晓的文章。

看得出来她的心情糟透了，跟我说话也是强颜欢笑的样子，我实在有些不忍心。晚上的时候，我就去问了苏阿姨。苏阿姨笑着说："你们这些小姑娘不要这么急，哪有这么快呢。"

"可是，"我嗫嚅地说，"忻晓她真的很着急。"

"我看你也很着急，对不对？"苏阿姨的眼睛一直看到我心里去。

"我，她是我的朋友，我不想她难过。"

"再等等,好吗？"苏阿姨说,"做事想成功,就要有耐心。"

我把苏阿姨的话告诉了忻晓，她显得有些不耐烦，过了半天，忻晓说："齐盈，你可不可以去跟苏老师说说，让她帮我请那个编辑早一点替我把文章发出来，就说，就说马上要评三好学生了，这也是很重要的条件之一。"忻晓的眼神里含满了渴求的意味，我不忍心拒绝她。

于是我又再一次坐到了苏阿姨的家里。我结结巴巴地复述了忻晓的要求后，苏阿姨坐到我的身边来，她温温柔柔地说："齐盈，你可真是个特别的女孩子，可不可以告诉我，你为什么愿意这样地帮你的朋友？"

"不知道。"面对苏阿姨，我只能实话实说，"我以前很不喜欢她，可是后来，她对我很好，所以，我觉得我应该帮助她，我是不是做错什么了？"

"没有，没有。"苏阿姨拍拍我的肩说，"你告诉忻晓，是好文章，我们一定会发出来的。我答应你，再去催一催那个编辑，好不好？"

那天苏阿姨一直送我到我家门口，她最后对我说："好好努力，拿个好成绩，要知道在这个节骨眼上，除了你自己，没有人可以帮你。"

我总觉得苏阿姨的话中有话，但我体会不出来它真正的含义。我一向不是一个敏感的女孩子，也一向不愿为一些想不破的事去费脑子，但是我知道，苏阿姨的话没有错，是的，除了我自己，谁也不能把我送进重点中学。

寒假到了，忻晓的文章没有发出来。寒假过了，忻晓的文章还是没有发出来。那些日子忻晓对我的态度又变得冷漠起来，我想她一定是怨我帮不上她的忙，可是我已经尽了力，再加上我得很下功夫去应付我的功课，我也就想不了那么多了。

就在复习进入最紧张的阶段时，班上又出了一件事：秋丽失踪了。

吴老师那两天总是忧心忡忡的，她把我们关在教室里，要我们使劲地回忆秋丽失踪前的种种细节，可谁也想不起丝毫有价值的线索来。大家都在埋头苦读，谁还会记得秋丽说过些什么话做过些什么事。

可是秋丽就是不见了。

我去办公室交作业的时候，看到秋丽她妈妈趴在吴老师的办公桌上哭泣。她哭得真的是很伤心，我看到吴老师好几次想劝她，却只好欲言又止。

我记得那天下午放学的时候还看到秋丽背着书包走出校门，跟往常没什么两样。要是知道她第二天会离家出走，那我一定会去劝劝她，一个人在外面，很危险，过不好，家里人还会这么伤心，有什么不开心的事不可以和大家商量商量呢。可是现在一切都晚了，秋丽已经走了，不知何时才会回来。

回到家里，妈妈正在烧菜，烧得很香。我突然想到要是有一天我不见了,她也一定会很伤心,说不定比秋丽的妈妈还要伤心。一想到我要是有个什么闪失,妈妈也会像秋丽的妈妈那样,我的心里就酸起来。我冲到厨房里,隔着里面的一团雾气说:"我这次拼死拼活也要拿出最好的成绩给你们看。"

说完,我就回到房间看书了。

我想妈妈一定会觉得奇怪,那就让她奇怪去吧,奇怪之余,她一定还会有高兴的感觉的。让父母高兴是儿女的义务,我相信秋丽要是能看到她妈妈为她那么伤心地哭,一定会后悔自己所做的一切。

和各种模拟考一起铺天盖地而来的,是各式各样的评选,各级三好生,优秀学生干部,优秀团员等等。其中最引人注目的,自然是全年级唯一的一个名额——省级三好生。为了发扬民主,学校规定每班先推选出一个,再由学校推选出一个。

推选活动是在下午第三节的自习课上举行的。吴老师先说了一段话,她说:"在我们班上,大家心里都应该清楚谁最有资格获得这一殊荣。我想,我们班上选出去的同学最终入选,也是我们这个班集体的荣誉,所以我希望大家都认真地来做这一件事。谁心目中有了理想的人选,请举起手来,并说明你为什么要选他。"

吴老师的眼睛在教室里转了一圈，没有人举手，于是她把副班长王峰从座位上叫了起来。王峰把头低了半天，最终说出了吴老师盼望已久的两个字：忻晓。

我想王峰这么说一定是需要很大勇气的，我分明看见下面不少同学在噘嘴巴。坐在前排的胖子李雷头转过来，那口型分明在说"马屁精"，逗得不少同学吃吃地笑起来。

偏偏吴老师没看见，还不肯放过王峰地问道："那你说说看，你为什么选她？"

"她，她成绩好。"王峰一边说一边头埋得更低了。

吴老师让王峰坐下，然后问大家还有没有别的人选，自然还是没有人举手，于是吴老师说："看来大家的意见是一致的。如果没有什么别的想法，那我们就决定推选我们的班长忻晓去争取这个荣誉，相信她会为我班争光。"

然而就在这时，一只手臂却在大家的眼光中慢慢地举了起来，举手的不是别人，正是忻晓的跟班，郭晶晶。

郭晶晶几乎在站起身来的同时，说出了一句足以让全班同学跌破眼镜的话，她说："我不同意。"

"哦？"吴老师显然非常吃惊，"据我了解，自从你来到我们班上，忻晓在学习上可没有少帮助过你，你对她还有什么不满的地方呢？"

郭晶晶看了看全班同学，脸上是那种让我们觉得陌生的坚决和勇敢，在这之前，我们从来没有听见郭晶晶这么流利地说过话。

她说："我是一个插班生，刚来到这个班上的时候，我就明显地感觉到我和大家的不同，总觉得自己低人一等。那个时候，忻晓对我好，我真的很感激，就是大家叫我哈巴狗，叫我奴才我也不在乎。况且，我希望跟忻晓在一起，我的成绩能够再好一点，这样才可以继续在城里借读下去。可是，现在要毕业了，我却想说一说真心话，不管我的话是不是管用，我也一定要说，因为再不说的话，也许就一辈子没有机会了，要是考不上中专，我就永远进不了课堂了。我今天要说的是，忻晓虽然成绩很好，但我觉得她不配做一个省级三好生。首先，她不团结同学，班上很多同学都受过她的欺负。其次，她不爱劳动，每一次清洁卫生都借故溜掉。还有，她为了报复同学，故意撒谎。"

说到这里，郭晶晶从口袋里拿出五十元钱来："这是忻晓交给我的五十元钱，其实那一次，她的钱根本就没丢，怕老师家长找出来，她交给我替她保管，她说齐盈没安好心，要让齐盈身败名裂。后来，忻晓告诉我就这五十元钱不用还她了，要我保守这个秘密，所以，我一直都没有说出来，但是我很后悔。"

说到这里,郭晶晶的眼泪开始啪啪地往下掉:"我妈妈一字不识,可是她从小就教育我,人穷志不要穷,我却没有做到,请老师和同学惩罚我。我要说的就是这些。"

郭晶晶的话一说完,全班一阵喧哗之声,不知是谁带的头,继而是一阵雷鸣般的掌声。谁也说不清这掌声代表的是什么,但它一经响起就经久不绝。

这一次吴老师没有制止大家,忻晓在一片掌声中哭着冲出了教室。

几天后,秋丽回来了。据说她没走多远,就在邻近的市里闲逛。秋丽回来后惊讶地说她只是走了十几天,怎么班上就好像团结了许多似的。

我问秋丽:"你后悔离家出走吗?"

秋丽说不,一点也不,不出走,她永远不知道家对她有多温暖多重要。

受过打击后的忻晓变得很安静。我想她一定会因此而成熟许多。

我还有一个问题一直想问她,她曾经说过,我是一个特别的女孩,这句话曾经给了我很大的鼓励和快乐,但她对我说的许多话都是假的,我不知道这句话是不是也是说谎。

还有苏阿姨,她也对我说过我很特别,也许她是早已看出忻晓和我好不过是想发一篇文章,苏阿姨口中的"特别",是不是说我傻乎乎的呢?

可是我谁也没有去问,而是一如既往地准备中考。

从忻晓和郭晶晶的身上,我已经知道,要做一个特别的女孩并不难,难的是做一个诚实而善良的好女孩。

只有这样,不管是在什么样的家庭中长大,不管有什么样的爸爸妈妈,她都会幸福快乐。

我相信

会有一份

牵挂

在现实中
为自己的
生活和爱情奔波,
是你我都愿
珍存和享有的,
如果它能长久,
就是我们
编织的童话,
作为彼此的
礼物
永远
珍藏

东京铁塔的幸福

The Secret Of Youth

The
Secret
Of
Youth

双
鱼
记

东京铁塔
的幸福

认识 Andy 的时候，我十六岁，高一。

Andy 比我大四岁，学计算机。

我们是网友，那时我刚刚学会上网聊天，Andy 让我觉得有趣极了，他在聊天室里左右逢源妙语连珠，我只跟他聊过一次就对他难以忘记。后来他介绍我去看他做的网页，很专业也漂亮，让我对他更加欣赏。

时间长了，我们渐渐成为最熟悉的聊友，哪怕是随便敲个字符进入聊天室，说不上三句话就可以猜出对方来。

现实中，我从未和哪个男生如此的心有灵犀。

有一天，我在报纸上看到一篇跟网恋有关的文章，上面说在网上爱上一个人实际上就是爱上他的名字，看了就亲切，也不管他究竟是男是女多老多小生活在什么地方长什么样。这篇文章让我有些怕。在我的心里，其实还没有做好爱情来临的准备，我怕我会爱上 Andy。

我的好朋友莫丽见我想尽一切办法在电脑前流连，老道地说："这就叫中毒，中网络的毒！可儿你要小心哦。"

莫丽虽然是我的好朋友，但是我们有很多的不同，比如她话比我多，性格比我开朗，做事比我大胆，长得也比我漂亮。

但是 Andy 说每一个女生都会有自己的优点，都会有不同的人喜欢。我相信 Andy 的话，好长一段时间，我对他说的每一句话都深信不疑。

包括他对我说："其实，你可以和你的继父成为好朋友。"

我是在三岁那年失去爸爸的。虽然我对爸爸并没有太多印象，但还是很难接受继父。他是那种典型的商人，有两个钱，自以为很了不起，因为他，我和妈妈常常赌气吵架。不开心的时候，我习惯上网跟 Andy 倒苦水，他很耐心地听，蛮有哥哥的样子。

念书的日子，三点一线，好像每天都一样。但因为有了 Andy，又好像每天都变得不一样。就像那个周末，我一回家就收到了 Andy 的邮件。要知道，我们已经有好多天没有聊天了，他用有粉色玫瑰的壁纸写信给我，告诉我想念我，并约我晚上聊天。

这真让人高兴！

我倒了一杯冰水，坐在沙发上慢慢地喝，就在这时，继父回家了，是自己开的门，因为心情好，我冲他微微一笑，这是他始料未及的，他也冲我微微一笑："有高兴的事？"

我惊异于他的敏感，也埋怨自己沉不住气，快乐悲伤都明明白白地写在脸上，于是便有点扫兴地说："不高兴就不能笑？"

"高兴就好！"他拍拍我的肩做他的事去了。

看着他的背影，我突然感觉他的声音也很好听，也是很标准的普通话，是我想象中的 Andy 的声音。

真是没救了，什么都和 Andy 有关。

那天很巧，妈妈和继父有事一起出门了。一个人的夜晚，我在电脑前充满期待地等 Andy。但是 Andy 来得很迟，我等得困极了，昏昏欲睡间他才上线，跟我说话也有一句没一句的：

"来了？"

"来了！"

"Andy 你喝多了？"

"真是聪明的可儿！"

"看你一歪一倒地进来就知道了。"

"怎么我眼前有三个你？哪一个是真的？？"

"呵呵，都是。"

"那就是我随便吻哪一个都可以喽？"

"死 Andy 你找打呀，说什么啊！"

"好好好，算我胡说，大哥我心情不好，你担待点？"

"怎么你也有心情不好的这一天？"

"神仙也有下凡的一天嘛！"

"哼哼，说你胖你就喘，为什么心情不好呀？"

一开始他并不肯说，聊了很久后，他才告诉我他最近心里很乱，有机会可以去日本深造，却又不知道该不该去。

我安慰他说："要抓住一切机会呀，不然会后悔的。"

他听了后直笑："我 Andy 一世英名，没想到有一天还要一个小妹妹来开导。"

"我不小了。"我说，"过完年我就十七了，你可不能瞧不起我！"

"岂敢！"Andy 说，"我不知道多瞧得起你。"

"我哪里好？"我有些娇情地问他。

"哪里都好。"他说。

我骂他拍马屁，他就说："瞎说，你又不是马。"

我哈哈大笑，笑完又笑，笑完又笑。

Andy 吓我说："别笑了，看看你身后，长毛鬼来啦。"

于是我又吓得尖叫，叫完又叫，叫完又叫。

他在那头轻轻地骂我："小神经。"

我喜欢他这么骂我，有一种被宠着的感觉，沉默了一下，我问他："Andy，成人的世界是否有很多的无奈？"

"是啊！"他有些微叹息，"有点脏。不过，是可儿让我觉得世界有时也透明得像颗水晶。"

Andy 的这话让我差点流下眼泪，他在那头低声问我冷吗，我说不冷，其实夜真的有些凉了，但我舍不得离开电脑去加一件衣服。

"去加件衣服吧，"Andy好像总是知道我在想什么，"乖，不然你冻感冒我该心疼了。"

我依了Andy，觉得被心疼是种幸福。

那是我们聊天最久的一次，结束的时候，他说："可儿，以后你也来日本，我们一起去散步，好不好？"

"好。"我说。

凌晨两点半，Andy下线了，而我看着闪烁的电脑屏幕，没有办法入睡。

我用被子把自己紧紧地裹起来，我幻想着和Andy的相见，不知道会是什么样子。如果他在我身旁会是什么样子？想他说到的吻会是什么样子。想自己再长大一些头发再长一些不知道会是什么样子，想Andy想象中的我和我想象中的Andy又都是什么样子，想如果我们见面对双方都失望不知会是什么样子……想到实在想不动了，我才终于沉沉地睡去了。

我在梦里梦到了妈妈，她站在高高的山顶朝我微笑，我对妈妈说："对不起。"她有些惊讶地看着我。

我流着泪说："对不起，妈妈，我想我已经成了一个坏女孩。"

当我醒来的时候，我发现自己真的流了泪。

我在那天对莫丽说:"我完了,我真的网恋了。"

莫丽听完后哈哈大笑,她一点也不紧张,她说:"笨可儿,当心你爱上的是一头猪,网上的事哪能说得清呢。"

可是我相信 Andy,相信他不会骗我。

Andy 决定去日本的前一个星期,是我十七岁的生日,他终于答应来见我。

我没有来由的紧张,拉着莫丽和我一起赴约。我和莫丽坐在麦当劳里,按约定的时间,Andy 应该还有一个小时才会到。但我整个人十分紧张,只能不停地喝可乐,一下子就喝光了一大杯。

莫丽见状安慰我:"放下心啊,等他一来我就撤退。"

"别。"我说,"你得陪我。"

"你怕什么呀?"

"我怕我让他失望。"

"不会的不会的,你这么可爱。"莫丽握住我的手,"其实你是怕他让你失望,对吗?"

"我不知道。"我说,"我现在脑海里一片空白。"

"那就什么也别去想,既来之,则安之。"

这之后,我和莫丽不再说话,一向叽叽喳喳的莫丽很懂事地陪我沉默。

时间一分一秒地走过，莫丽手中的电话终于响了起来，为了方便Andy找到我们，莫丽专程从她姐姐那里借来了手机。几乎是在同一时间，麦当劳的门口走进来一个男孩子，准确地说，是一个男人，他的手机就贴在耳边，我听到了熟悉的声音。

我的心一下子狂跳起来。他很成熟、帅气，和我想象中简直一模一样，他就站在那里。

他看着我，我看着他。

然后他走了过来，无论如何，我从没想到的是，他竟然微笑着把手伸向了莫丽，然后说："你好啊，可儿，我们终于见面了。"

"我不是我不是。"莫丽拼命摆手，一手指着我："她才是可儿啊。"

"调皮。"Andy坐下，对莫丽说："我人都来了还捉弄我？"

"我真的不是。你和可儿好好谈。我走先了。"莫丽拿起背包落荒而逃，只剩下我和Andy两人。

天！没想到，他竟然会认不出我，一想到我曾经以为我们心有灵犀，连呼吸都变得悲伤了起来。

Andy看着莫丽的背影，回头无奈对我一笑："这个可儿，真是的,可能是看我和她想象中不同,吓跑了?"

我说不出话。

"你是可儿?"Andy好像一下子反应过来了。

"不,不。我不是。"我抓起包,逃也似的出了麦当劳。此刻的莫丽早已不知去向,而我则慌乱地搭上一辆不知开往何处的公共汽车,拥挤摇晃的人群掩饰了我滚滚而下的眼泪。

在网络中,我们是如此的心意相通,可无论如何,我都没想到他竟会把我认错!

三天后,我收到了Andy发来的一封邮件,那是他写给我的最后一封信,他在信中说:

"可儿,你真有意思,我大老远地来看你,你怎么一见我就跑呢?不过我不怪你,小女生都这么有意思的。呵呵。我就要远走了,不过我会一直记得你这个可爱的妹妹,记得我们聊天时种种的快乐。还记得我曾对你说过,网路是成年人编织的童话,当我们在现实中为自己的生活和爱情而奔波,我相信会有一份牵挂是你我都愿珍存和享有的,如果它能长久,就是我们编织的童话,作为彼此的礼物永远珍藏。你说对吗?

PS:Andy还真想知道,那天那两个可爱的女生,究竟哪一个是可儿呢？"

看完这封信，我又哭了。

我相信 Andy 是用心地写这封信的，那些藏在字里行间的意思，我想我是读得懂的。不过，我也知道，那美丽朦胧的初恋，是真真正正地结束了，再也不会回来。

我日日听江美琪，祝福 Andy 会拥有东京铁塔的幸福。

流年过水

快乐的东西
总是
一瞬间
消失，
但我相信，
我会慢慢地
长大，
成为一个
大家都喜欢的
特别的
女孩子

The
流
Secret
年 Of
Youth

The
Secret 双
Of 鱼
Youth 记

流
年
,

遇到夏天的时候，是初三那年的冬天。

雪下得很大，一片一片地落下，又飞舞到教室的窗玻璃上，像一个个可爱的小精灵，好奇地观摩着我们的苦读。

老师就是在那个时候把夏天领进教室，她说："这是我们班才转来的新同学，他的名字叫夏天，大家欢迎！"

于是我们都鼓掌，夏天把腰一弯说："请大家多多照顾！"标准的九十度鞠躬。

大家唏哩哗啦地笑，在夏天到来之前，我们班的男生还没有这么文质彬彬的呢，大家都皮得要命。

夏天抬起头来的时候，我吓了好大一跳，我仿佛在哪里见过他，但是想不起来了。

那是一张非常熟悉的脸，而他还有着一个在冬天里让你感觉非常温暖的名字：夏天。

更巧的是，老师竟安排他与我同桌，将和我同桌了一年的罗林去教室倒数第二排的空位。

罗林不大高兴，坐着不动："老师我视力下降了，不能坐后面。"

夏天朗声说道："没关系，老师，我坐后面可以的。"说完，长腿一迈，就坐到了那个空位上去。

我低声奚落罗林："这下好了，一对比，人家形象比你高大多啦。"

"麦小丫！"罗林恶狠狠地说，"你给我闭嘴！"

他的声音老大，我估计全班都可以听见了。老师示意我们不要再出声，不然，我一定要让他好看，我麦小丫可不是好欺负的！掀翻他的课桌也不一定！

中午，学校食堂的每一个窗口都排着长长的队，我远远地看着边上的那一排，夏天站在里面，他个子挺高，眉清目秀的样子，我暗暗喜欢。

突然，我看到罗林带着几个男生恶意冲了过去，一下子就将夏天挤出了队列。

欺生？哼哼。

这种事怎么可以在我麦小丫眼皮底下发生？

我高声喊道："夏天，夏天！"我挥着手，示意他到我这边来。罗林在那边狠狠地向我挥拳头，我才不怕，回他一个白眼。

夏天看看我，笑着走了过来。

我说："饭盒给我，我替你打饭，你喜欢吃什么？"

"我不挑食。"他回我，"不过还是我来排队吧，我是男生，两个人的饭我端得动。"

"好。"我说，"我喜欢吃土豆，那我去占位子。"

夏天很快就把饭打好了，坐到我的对面来。罗林他们在那边狂嘘，我叫夏天别理他们，并在饭桌上把饭菜票推给他，他又给我推回来说："你帮了我一次，今天我请客。"

我很爽快地把它收了起来："好吧，下次我请。"

夏天吞下一大口饭说："你们食堂的秩序不太好呢，要是在我们以前学校，插队这种事是绝对不可能发生的。"

"我们学校是破学校，"我说，"你干吗要转到这里来。"

"也别这么说，"夏天说，"再破的学校也有好学生，比如你啊。"

"哈哈，"我说，"我成绩烂得可以。"

"我还行，"夏天说，"我可以帮你。"

在这之前，我没想过要好好学习，妈妈整天在家里长吁短叹，怕我考不上高中。自从上了这所破中学，我就再也没有任何斗志了，一副破罐子破摔的样子。

夏天一来就成了我们班的第一名，还把第二名甩得老远，我很喜欢看他上课回答问题的样子，仿佛什么样的题目都难不倒他。不像我，一被老师叫起来回答问题就瞠目结舌，丢脸得要死。

又一次丢脸后，夏天主动来替我讲解题目，他很认真，我不忍心也舍不得拒绝。

春天来临,桃花盛开的时候,我和夏天已经成了很好的朋友。

男生和女生天天在一起,当然免不了有很多流言,不过我和夏天都不在乎,只有我和他知道,这种水晶一般的友谊是多么的珍贵和美好。

在夏天的帮助下,我的成绩也在一天一天地提高。没事的时候,我们常在一起聊天,有时候我给他唱歌,唱来唱去都是王菲。我喜欢王菲懒洋洋的样子,喜欢她的性格更喜欢她的歌。夏天听得很认真,听完了,常常会说:"唱得真好,我觉得比王菲还要好。"

我哈哈大笑,骂他拍马屁。

终于有一天夏天给我看一张女孩子的照片,那个女生很漂亮,是她以前的同桌。夏天说:"等我念高中的时候,我就可以回南方了,到时候要是还可以跟她同桌多好。我走的时候,她都哭了呢。"

我忽然有些木木的,什么也说不出来。

夏天又说:"她是个很特别的女生呢,和你一样。"

"我也特别?"我惊讶地问他。

"当然啦,麦小丫你嫉恶如仇,我没见过比你更义气的女孩子呢。"

我嘿嘿傻笑,可是一想到夏天说他很快又要回南方,心里又狠狠地滚过一阵伤感,一时间一句话也说不出来。

初三的日子,说慢也慢,说飞快就飞快。

一眨眼,就要中考了。夏天要回到他的老家去考试,临别的时候,他对我说:"麦小丫你要抓紧啊,你这么聪明,一定可以考一个好高中呢。"

"不知道可不可以遇到一个好同桌啊。"我低着头,"像罗林那样的同桌,我这辈子再也不想遇到了。"

"那就祝你好运喽。"夏天说,"我会经常给你发邮件的。在这个陌生的城市里,你是我最好的朋友。"

"好。"我说,"夏天,祝你一路顺风。"

一直到夏天离开,我也没有把放在书包里为他准备的礼物拿出来,那是我的一张照片,我本来希望有一天,他也会拿着我的照片对别的女生说:"这是个很特别的女孩子,我真想再跟她同桌呢。"

我默默地流了泪,因为我知道,自从那天他拒绝老师的安排,我和夏天,就再也不会有这样的机会了。

夏天走后,我拼命地念书,好像是在和谁拼命一样。

夏天的时候,我终于接到了一所中学的入学通知书,虽然不是重点中学,但妈妈已经非常欣慰。

又一个冬天快来的时候,我收到了夏天写给我的信,他在信中送了我一首王菲的新歌《流年》。

他在信中说:

走的时候忘了送你一件礼物作纪念,知道你喜欢王菲,就补送她的这首歌给你吧,祝小丫一切都好。

PS:当我听到这首歌的时候,就想到你为我唱歌的样子,很想念。

我把那首歌下载下来细细地听,歌词很美。

有生之年

狭路相逢

终不能幸免

手心忽然长出纠缠的曲线

……

懂事之前

情动以后

长不过一天

留不住

算不出

流年

……

感谢命运，让我在懂事之前、情动之后，和一个叫夏天的男生有过那么一次遇见。

虽然流年逝水，快乐的东西总是一瞬间消失，但我相信，我会慢慢地长大，成为一个大家都喜欢的特别的女孩子。

而那个在不经意中也许就改变了我一生的男孩，也会像每一年夏天的金银花香，永远珍藏在我心里。

就像你喜欢的杨千嬅，人家都骂她是傻大姐，可是她的专辑还不是一样的好卖

扬眉

The
Secret 双鱼
Of 记
Youth

扬眉

在"粉无聊"的男生们进行的一场"粉无聊"评比中,我"粉惨粉惨"地荣获了一个前无古人后无来者的奖项:"最无大脑至尊荣誉奖"。

为了表示气愤,我很"无大脑"地撕掉了同桌邱果果的作文本。邱果果面对我发出撕心裂肺的尖叫,我敢保证,如果你亲耳听过一个男生那样叫,就算是不自杀也一定会崩溃的!

邱果果尖叫时,数学老师杜海刚好走进教室,他走到课桌前,一把把邱果果从座位上拎了起来:"叫啥?魂丢了还是咋的?!"

"我的作文!"邱果果喘着气说,"我昨晚写了整整五个小时的作文,被章悠撕掉啦!"

杜海把眼睛瞟向我。

我把头扭向窗外。

然后我听见杜海对邱果果说:"把地上的碎纸捡起来!"

邱果果很听话地弯下了腰。我知道,他怕杜海,全班五十个学生有四十九个怕杜海,只有一个不怕,那个人就是我。

我和杜海之间的宿怨从他上课的第一天就开始了。那时杜海刚毕业,听说还是研究生呢,水平怎么样我可不敢乱评说,可是他讲课的时候声音实在太小了,我坐在第五排,伸长了耳朵也不怎么听得清楚。可能是因为他才来上第一堂课,大家都不好意思告诉他。可我是忍不住的,我举了举手,然后站起来干干脆脆地说:"Please Speak Louder, sir(请大声一点,先生)!"

全班笑得像一锅刚端到灶上煮得活蹦乱跳的鲜虾子。

杜海就那样一直看着我们,直到全班都安静下来了,他才问:"还有谁听不见的举个手?"

当然没有人举手。

于是他对我说:"这位同学,恐怕你要去检查一下你的耳朵。"

"报告老师,刚查过,医生说一切正常。"

全班都饶有兴趣安安静静地听我们斗嘴。可是杜海不再接话了,他示意让我坐下,接下来的下半堂课,他的声音简直比雷声还要响。

我就这样跟他结下了仇。

有一次我在操场上遇到他,我跟他打招呼,可是他却装作没听见,头一抬就从我面前走过去了。当时我就决定以后再也不叫他了,有什么了不起的。

可是天下就有这么巧的事,有一天他居然走进了我的家门,那时候我正趴在桌上做他布置的一大堆练习题,就在一边答题心里一边在心里骂他是猪头的时候，妈妈叫我："悠子，出来见见你表姐夫！"

我出去了，表姐坐在沙发上，幸福地和一个人靠在一起，一脸甜蜜得不可救药的样子，可是……等等，那个人不是别人，正是杜海！

我的妈呀！

我差点当场晕倒在地板上！

不过比我还要晕的是杜海，他看着我半天没说出话来，然后用手指指了我，半天后才说："章悠？"

对啊，章悠。本小姐就是章悠。

那个在他上课时当场让他难堪、不知趣的笨蛋章悠。

等妈妈明白过来之后简直是喜不自禁："哈哈哈，太好了，我们悠子的数学肯定没问题了。"说完，她又重重地拍拍表姐的肩膀："琳子，你这回立了大功啦！"

"姨妈你什么话呀！"表姐说，"我一定要先申明，我可不是为了悠子才找他做男朋友的。悠子考上九中，我也是今天才知道的呀！"

"你对我不关心。"我朝表姐吐吐舌头，"我都快两年没见你了，你到底在忙什么？"

"那不用你管。"表姐把头抬起来，和杜海高傲时的表情简直一模一样。

我噗嗤笑了："你们真有夫妻相。"

表姐伸手打我，杜海则摆出老师架子："今天布置的作业都做完了？"

"没。"我说，"太多了。"

"这点还叫多？以后我还要加倍！"他三下两下打发我回房间做作业，绝口不提我与他之间的过节。我觉得他挺阴险，一晚上都闷闷不乐。

他和表姐走的时候，我没有出去，而是把耳朵贴到门边，我听到表姐跟妈妈说："章悠要做作业，就不要叫她啦。我们下次再来看她。"我撇撇嘴，什么下次啊，明天又要见到他啦，还不知道他会怎么报复我呢。

哎，星座大师不是说我这个月挺顺利的吗？可我怎么就会这么倒霉呢？

第二天的第一堂就是数学课，课讲到一半的时候，杜海开始挑同学上去做题目，我把头埋得死死的，可他还是抽到了我。他讲课的时候我正在神游呢，那道题当然是一点儿也不会，整个人捏着粉笔头站在黑板前涨红了脸。他抬抬下巴，示意我下去，还话中有话地说："其实数学一点儿也不难学，稍微用点心，什么题目会做不出来呢？"

回到座位，我拿着笔在数学书上气呼呼地乱画一气，笔把书都划破了我还觉得不解气。

好不容易下课了，邱果果同情而阴险地说："数学不好呢，以后可以学文科，你作文写得那么好，怕什么呀。"

"闭嘴！"好朋友麦子替我呵斥邱果果，然后小声安慰我："他是在出那天的气呢，这种小家子气的老师不理也罢！"可是麦子不知道，不理怎么行呢，他都是我表姐夫啦，何况我一放学老妈就急吼吼地问我："怎么样，你表姐夫是不是已经对你特殊照顾了呀？"

"是挺特殊的，我谢谢他的好意！"我一阵恶心，恶狠狠地说。

妈妈没察觉出我的异样，还挺高兴："这下好啦，你们班主任早跟我说过，你要是数学成绩上去了，考重点高中还是挺有希望的。"

"你死心吧。"我说，"我学不好数学的。"

"为什么？"妈妈奇怪地问。

"因为我是白痴！我没有大脑！"我大声地喊。

"你要是压力大就去看看电视吧。"妈妈肯定是被我的傻样吓到了，赶紧安慰我，"成绩好不好不重要，只要你尽力了，妈妈就不会怪你。"

"不要了。"我拎起书包,"我做题目去。"

哪壶不开提哪壶,晚上的时候,表姐打来电话问我:"今天怎么了,数学课上丢脸了?"

"还不都是你那小肚鸡肠的男朋友害的!"我没好气地说。

"杜海说你数学挺差的呢。"表姐说,"我记得你小学数学一直都挺好的啊。"

"他是猪,他说的话你能信?"我恨恨地挂了电话,没过一会儿表姐又打过来了,她在那边笑着说:"猪让我跟你传个话,他明天还要抽你上台做题。"

因为这句话,我温习了一晚上的数学,我才不想输给他。看我明天三下两下做完题目,他还有什么好说的!

第二天,我整个人宛如上了弦的箭,他却根本没有抽谁上去做题。一堂课从头讲到尾,一丁点儿也没休息,说实在的,当我静下心来认真听他讲课,讲得还算不错,就是笑起来的时候太难看,怎么看怎么像电视剧里演反派的那种人物。

下课的时候,他走到我座位前对我说:"以后每天放学到我办公室,当天没懂的当天问。"

我看了他一眼:"没空。"

我真的没去。他不喜欢我,我心里清楚得很,我可不想因为表姐而受到什么特殊待遇。可是晚上才回到家，我就被老妈批了，老妈又是骂又是哭的，弄得我烦心透了，我更恨他了。

第二天上他的课的时候，我都不愿意多看他一眼，恨不得把耳朵都堵起来才好。

就这样又过了一月，那次月考，我的数学成绩是全班倒数第三。

我想，我再也学不好数学了，我对数学已经有了一种天然的抗拒感。就在这个时候，传来了他和表姐分手的消息。我赶紧打电话问表姐是怎么回事，表姐带着哭腔骂我："事到如今，还有什么好问的！"

说完，表姐挂了电话。

妈妈看着我："都是为了你，他说你的数学是根本就学不好的，你天生没有数学细胞。你表姐生气，说是他教学没耐心，俩人吵起来就闹分手了呗！现在你表姐是吃也吃不下喝也喝不下，你看这责任该谁负！"

"这种人，表姐不嫁给他算是有福喽。"嘴上这么说，可我心里却一点也不服气，什么叫没有数学细胞，我一定要让他输得心服口服！

我问麦子："我是不是真的很笨啊？"

"不会啊。"麦子说,"你只是性子直一点,跟笨扯不上关系啊。就像你喜欢的杨千嬅,人家都骂她是傻大姐,可是她的专辑还不是一样的好卖?"

"我一定要学好数学。"我跟麦子说,"给我加油!"

"加油!"麦子的语气比我还要坚决,"气死邱果果,气死杜海!"

妈妈给我请了一个数学家教,他叫汪锋,也是师范大学刚毕业的学生,看上去比杜海要顺眼多了。我从来没有如此努力过,在汪锋的帮助下,我的数学成绩一直往上涨,涨得麦子的眼睛瞪得溜圆。

可是杜海仿佛并没有看到这一切。

有一次改卷,他竟然给我少算加了一题的分。我拿着卷子去找他,他头也不抬地说:"分数不代表什么,知识掌握没掌握来不得半点虚假!"

啊呸!

我不与他计较。他越这样我越是要好好学,中考的时候轮不到他批卷,想整我,门儿都没有!

有了这个想法后,汪锋每次来都会被我追着问各种题目,他奇怪地说:"没见过你这样学数学的,好像跟数学有仇似的,呵呵。"

说得没错！是有仇，深仇大恨的仇。

中考前，我特地打电话给表姐，我对她说："你放心吧，我一定替你报仇，让那傻小子傻眼！"

表姐不肯多说，支支吾吾地挂了电话，听妈妈说，表姐一直都没有忘记杜海，还常常为这件事哭泣。虽然我觉得很对不起表姐，但我打心里替表姐感到庆幸。我相信，表姐一定可以找到比杜海好得多的男朋友，比如汪峰。

我想好了，等到中考结束，我就给他们设计见面的机会。

中考的题目不算难，特别是数学，我第一次觉得那么简单。很快，成绩出来了，我很顺利地考入了重点中学，而且比录取的分数线整整高出八分，妈妈笑得嘴都合不拢，到处打电话给别人报喜。不过，她却没打电话给表姐，我问到表姐，妈妈说："你表姐心情不好，出去旅游啦。"

"表姐还没忘了那个人吗？"我问。

妈妈叹口气："你看，都是你惹的祸不是？"

我心里难受极了。

领成绩单那天，我在学校里又碰到了杜海。这次，他破天荒地叫住了我："章悠，考上重点了？"

"托你的福。还行！"我冷冷地说。

"你的数学考得比我预想的还要好啊。"他并不生气。

"那你是不是打算因此而重新追求我表姐？"我讥讽道。

"感情的事与你无关！"他居然不要脸地笑了起来。

"我的成绩也与你无关！"我恶狠狠地说，"你知道什么事让我最高兴吗？最高兴的就是，从今天起，我再也不是你的学生了，再也不是这样一个无耻的老师的学生了！"

说完，我扬长而去。

不需要回头，我都可以想象到他在我身后脸肯定是铁青的。

扬眉吐气，就在今天啊！我特别买了杨千嬅的新专辑《扬眉》来听，以示对自己的祝贺。我躺在沙发上，心情大好，这时门铃响了，妈妈起身去开了门，我瞄了一眼，进来的竟是表姐和杜海，他们手挽着手，把一个大红的请柬放到桌子上："敬请光临我们的婚礼。"

我的眼珠差点没掉下来。

表姐朝我眨眨眼。妈妈看了我一眼，赶紧跑到厨房里去倒茶，没多会儿，妈妈把茶递到杜海手里："还是你有办法，因材施教因材施教，我服了你！"说完，他们一起哈哈大笑起来。

而我躺在沙发上犹如丈二和尚摸不着头脑。

"别犯晕啦，傻丫头！"表姐往我头上一打，"一定要来参加我们的婚礼啊,伴郎你也认得的,是汪峰!"

我一下子全明白了,圈套,一切都是圈套。我发了疯地学数学,就是中了这个可恶的圈套。

我跑回房间哇哇大哭起来。没一会儿,杜海敲门进来了,手里拿着杨千嬅的专辑:"我挺喜欢她的歌的,借我听听行不行啊?"

"滚!"我把枕头扔向他。

"对不起啊。"他可怜巴巴地说,"你姐逼我非要把你的数学补上来,不然她不肯嫁我啊,为了做你的姐夫,我只好出此下策啦,原谅我好不好?"

从认识到现在,我还真没见他这么低声下气过。

可我依然绷着一张脸,他继续恳求:"我请你吃肯德基啦。"

"去去去!"

"买杨千嬅的专辑送你!"

"去去去去!"

"那你说吧,怎么办?"

我故作思索状,其实我早就不怪他了,从知道真相的那一刻起,我就和我妈一样服了他。

可是我不能告诉他,等他请我吃完三次肯德基买完全套的杨千嬅的专辑后再说也不迟啊!

页 行 文 化
YEXING CULTURE